4
放課後の迷宮冒険者《ダンジョン・ダイバー》
〜日本と異世界を行き来できるように
なった僕はレベルアップに勤しみます〜
著：樋辻臥命
イラスト：かれい
GCN文庫

クドー・アキラ
異世界と日本を行き来できる高校生。レア属性である紫の魔法を使う魔法使いで、Hなことに興味津々なお年頃。
カーバンクルくん
ひょんなことからアキラについてくることになった生物。日本にもついてくる。アキラの魔力とちゅ◯るが好物。

エルドリッド
アキラが助けた異世界人で、尻尾族の女の子。尻尾が自慢。あと強い。

「おいしい。これ絶対ショウユウーかけたらおいしい」
うむ、貝に醤油はうまいに決まっているのである。それは世の真理だ。間違いない。

放課後の迷宮冒険者④
～日本と異世界を行き来できるようになった僕はレベルアップに勤しみます～

著：樋辻臥命
イラスト：かれい

GCN文庫

CONTENTS

階層外　エルドリッドと冒険？　003

第28階層　醤油に翻弄される者たち　059

第29階層　ミゲルとさんぽ　085

第30階層　遭難者を救助することも、まあしばしばあったり　101

第31階層　カーバンクルくんと一緒に迷宮へ　134

第32階層　リベンジ！　ディランくん！　159

第33階層　遭難者を助けよう週間での出来事　204

第34階層　緊急指令？　謎のお粥を攻略せよ！　222

第35階層　恐怖！　緑青に煙る街！　237

階層外　僕の幼馴染みは食いしん坊かもしれない　255

階層外　ギルドの邪悪なおじいちゃん　275

第36階層　ウサギのたまり場　287

エピローグ　天然はちみつ、市販のチョコレート　297

あとがき　316

階層外　エルドリッドと冒険？

「うわぁ……可愛いなぁ……」

　頭の中までおファンシーにやられてしまったような、ぽわぽわっとした声を上げたのは、尻尾《しっぽ》族のエルドリッドさんだ。いつもは凛々《りり》しくてかっこいいけど、可愛いものを見るとときどきこうなる。この前【水没都市《すいぼつとし》】に行ったときに『合唱アザラシ《コーラスシイール》』たちと戯れていたときや、『歩行者ウサギ《ウォーカーラビット》』とハグしていたときも似たような感じになっていたはずだ。

　今日こんなことになっているのは、ペットショップのショーケースの中にいる小動物たちが原因だ。お耳ぱたぱた、尻尾ふりふり。その辺の種族的な特徴は、僕にしか見えてないんだけど。完全にウサギ（小さい方）やチンチラ、ハムスターの愛くるしさにやられているご様子である。

　今日の出《い》で立《た》ちはいつもの騎士装束姿ではなく、現代風だ。ハイネックのニットにデニムのパンツ。見た目がいいから、とてもサマになっている。

「こっちのウサギってこんなに小さいんだなぁ」

「僕はこっちのウサギばかり見てるから、あっちの見たときは驚いたよ」

「……そっか、こっちと比べると随分デカいもんな」

「そうそう」

エルドリッドさんは店内を見て回っていたけど、ふと何かに気付いたように、複雑そうな、悲しそうな表情を見せた。

「なんかさ、せまっ苦しい中に閉じ込められてかわいそうな気もするな」

そう言うと、エルドリッドさんは目に見えてしゅんとなった。僕にしか見えないお耳はぺたん。尻尾もだらん。尻尾族の人は感情がすぐに耳と尻尾に出るからわかりやすい。テンション爆下がりなのがよくわかる。

「そうだね。ペットショップは見てくれはいいけど、実際は動物を売り買いするところだから、裏側は結構悲惨なところが多いらしいね」

「そういうのを考えると、複雑だよな」

「だからって僕たちがどうこうできる問題でもないんだよね」

「こういう店が続けられてるってことは、需要があるってことか」

「うん。動物を飼ってみたいって人には、お手軽に始められるからね。願わくはいい飼い主に巡り会えるか、満足に寿命をまっとうして欲しいけどね」

そんなちょっとしんみりしたひそひそ話をしながら、お店を出る僕たち。

そして、また街中をぶらぶらと歩き始める。

「でも、アキラの世界ってほんと面白いところだよな。オレたちの世界よりも、高い技術力を持ってるし、娯楽も比べ物にならないほどいっぱいあるし」

「僕はあっちの世界も面白いと思うけどね」

「そうか？　オレたちの世界の方が、娯楽は絶対的に少ないと思うけどな」

「そこはほら、隣の芝生は青く見えるってヤツだよ」

「隣の芝生？」

「他人の持ってる物はすごくいい物に見えてしまう心理のこと」

僕がそう言うと、エルドリッドさんは手を叩いて「確かに」と納得する。他人の持ち物を見てうらやましく思うのは人の常だ。もちろんそれは持ち物に限らず、環境、事情など、いろいろなものに妬みや嫉《そね》みが付きまとう。昨今巷《ちまた》でよく言われている○○ガチャとかもきっとそんな心理から発生したものだろう。知らんけど。

ともあれここまでのお話で、諸兄は何がどうしてどうなって、どういうことになっているかとかわかっているとは思うけど、一応説明しておこう。

今日僕はエルドリッドさんを現代日本に連れて来ている。

どうしてかって？　そんなの今度遊びに行こうって話をしていたからだ。その約束を果たしたから、今日は街をいろいろ回っているというわけ。

それで今日の早朝、冒険者《ダイバーズ》ギルドの近くで待ち合わせをして、エルドリッドさんと合流したんだけど——

§

「よ、用意して来たぞ！」

エルドリッドさんは急いできたのか、ちょっぴり息が上がっている様子。

もちろん合流時もいつもの鎧《よろい》姿、騎士装束姿とはまるで違う出で立ちだった。きちんとおめかししていて、可愛らしく身ぎれいだ。背中に差した剣はチャームポイント……にはならないね。物騒過ぎてさ。やはりこの世界は遊びに行くときも武器は必須らしい。

「おお！　なんか耳も尻尾もいつもより綺麗に整ってる。ツヤツヤだ」

僕が変化に気付いたのが嬉しかったのか。エルドリッドさんの顔がぱあっと明るくなる。

「おう！　この前貰った櫛《くし》で梳《す》いてきたんだぜ!?」

「使ってくれてるんだ。ありがとう」

「折角買ってくれたんだ！　当たり前だろ！」

喜んでもらえたようで僕も嬉しい。

だけど、問題もある。まあ問題ってほど問題でもないんだけどさ。

「でもね、服に関しては着替えなきゃいけないから」

「どういうことだよ?」

「まあ行けばわかるよ。行けばさ」

「行く?　そういや確かアキラの住んでるとこに行くって話だったよな?」

「そうそう。まあこっちこっち」

そんなこんなで、冒険者《ダイバーズ》ギルドの入り口から、フリーダでの定番待ち合わせポイントの一つである、広場の神々の像前まで移動。ここはいつも人がいっぱいいる。特にド・メルタの休日になると、某ネズミのレジャーランドも斯《か》くやというほど人であふれ返るのだ。フリーダの人口密度そろそろヤバいんじゃないかって感じるくらいにはごった返している。

「広場?」

「そう」

「え?　お前まさか住んでるところって……」

ふいにエルドリッドさんが若干引いたような声を出す。そして、すごく心配そうな表情も見せた。

これは、なんともヤバい勘違いの暴走が始まっていそうな気がする。

「いや違うよ!　公共広場的な場所を占有して生活の拠点にしているホームがレスな人じゃないから!　全然違うから!」

「でも住んでるところって言ってこんなとこに連れて来るなんて……いや、オレは別に文句を言うつもりはないぜ!? 生活スタイルなんて人それぞれだからな！ アキラが外で筵《むしろ》被って寝ていても、オレは全然大丈夫だぜ!? いや、風呂にはきちんと入って欲しいけど！」

「だから違うんだってば！ 何が何でも僕をホームがレスな人の仲間入りさせようとしないで！ お風呂にも毎日入ってるし、筵被って寝てもいないし！」

僕は一生懸命否定するけど、連れてきたところが連れてきたところだから、容易には納得してくれない。

「これからそれを証明するから。そのために、まず僕の手を握って欲しい」

「え!? 手を!?」

「そう。しっかりね。お願い」

「あ、ああ、うん……」

エルドリッドさんはおずおずとした様子で僕の手を握った。何が起こるのかわからないからか、いつもはぺたんと垂れているお耳が緊張のせいか、ピンと背伸びしている。

「じゃ、魔法発動！」

「え、ちょ!? 魔法だって!? おい、アキラお前一体何を――!?」

「いいからいいから。行くよ――」

そして、異世界ド・メルタから、別の場所へ。

ここはいわゆる神様たちのいるところ、である。さっき来たばっかり。出戻りです。

そんで、今回来たのは図書館だった。沢山の本棚と、本棚に入りきらなかった本がうずたかく積まれているインパクトのある部屋である。神様、僕が向こうの世界に行ってる間に移動したな。さっきはいつもの広くて白い空間だったし。神様、日曜日のこの時間っていつも読書タイムなんだろうか。

「お？　晶君《アキラ》、来たね。お帰りー」

「前言通り戻ってきました！　友達も一緒です！」

「友達……ふうん。友達ねえ」

神様は一度しみじみとした様子で頷くと、一転、顔に意味深な笑みを作る。

そして僕のことを指で突っつくかのように、両手の人差し指を向けてきた。

「いやー、晶君も隅に置けないよねー。さすがだよー。ぼく感心しちゃうなー」

「隅に置けない？　隅に置けない、ですか。確か国語辞典では、思いのほか知識、才能、技量があって油断できない。抜け目がない。そんな意味ですね。いまの僕と何か関係があるんでしょうか？」

「……いや、良いんだ。君はそういう子だって僕もわかってるから」

「……？」

わからない。一方で神様はと言えば、とてもしんどそうなため息をそりゃあもう盛大に吐き出した。まるで物事がわからない幼子に言って聞かせるのがうまく行かなくて、苦労しているようなニュアンスがある。ちょっと僕には情報が足りないので解決に導けない。

一方のエルドリッドさんはと言えば、しばらくの間、脳みその処理能力が間に合わなくて呆けていた。まさか神様のいるところに来るとは思っていなかったんだろう。

しかも転移して来た場所には一番偉い（と思われる）神様、アメイシスさんがいるし、びっくり仰天なのも無理はない。

やがて我に返ったのか、慌てて神様の前で跪《ひざまず》いて礼を執った。

「あ、アメイシス神！」

「うむ」

やっぱりわかるのか。みんな初見じゃないのだろうか。いやまあ銅像とかあるしそっくりだから、あっちの世界の人には容姿とか周知の事実なんだろうけどさ。現代人の感覚で言うとプライバシーないよね。これも有名税に入るんだろうか。

「アメイシス様に、日々のお恵みへの感謝を」

「うむ。今後も、種族の神の言葉と約束を守り、実りのある生を」

エルドリッドさんの拝礼に対し、神様は威厳のある態度で返事をする。

後光が差してる。すごい。ライトアップ機能搭載神様だ。

「晶君晶君。それ雰囲気台無しだから口に出すのやめよう？　カーショップのオプションとか、舞台装置みたいだから」

「すみません。つい――でも、その挨拶、みんなやりますね」

「そりゃそうだよ。だって僕、神様だもん。神様神様」

「ですよね。そうなんですよね。いえ、わかってはいるんですけど」

僕と神様の話を聞いていたエルドリッドさんが、焦ったように僕の肩を揺らした。

「お、おいアキラ！　アメイシス神に向かってそんな口の利き方するな！」

「え？　あ、うん。でもまあいつもこんな感じだし……」

「ダ、メ、だ！　きちんと敬え！　不敬だぞ！　不敬！」

「は、はい……」

エルドリッドさんはかなり「おこ」の様子。前のスクレールのときもそうだったけど。みんな神様への尊敬具合がハンパない。いやこれが普通なんだろうけどさ。

「晶君は日本人だから仕方ないって部分はあるよね。神様とか仏様とか身近なものに考えるし」

「まあ、神棚とか仏壇とかなんなら推しとかも拝みますからね……もうちょっと態度改めます？」

「いいのいいの。晶君はそんなに気にしなくていいから。気楽でいいよ」

「ありがとうございます」

とりあえず神様を日本人的に拝んでおく。ポーズはもちろん合掌。アジア圏およびインドルーツの礼拝である。その辺、お祈りの仕方とか神様は寛容だ。アメイシス神マジ信じれる。

エルドリッドさんが歩み寄って来て、内緒話のように耳元で囁《ささや》く。

「っていうかアキラ……これはどういうことだ？」

「僕ね。別の世界から来てるんだよ。それで、こうして神様のいるところを経由して、あっちの世界とこっちの世界を行き来してるってわけ」

「そ、そうなのか？　い、いや、アメイシス様のいらっしゃるところに来てるから疑うべくもないことだけどよ……いやそうか。それでアメイシス神の加護を持ってるのか……ん？　ってことはつまり……」

「あ、エルドリッドちゃん、その話はしないでおいてね」

突然神様が何事かを察してストップをかけた。エルドリッドさんもそれに対して「承知致しました」と素直に返答する。

そんな中、彼女は何かを思い出したように再度神様の前で跪いた。

そして、とても深刻そうな表情で顔を上げる。

「あ、あの！　アメイシス神にお願いがあって！」

「あのことだね」

「知って……いや、そうだよな。知らないことなんてないよな……あの、それで」

「悪いけどその件に関しては、ぼくは手出しできないんだ」

「そんな……ですがどうして!?」

「そういう決まりだからだよ。ぼくたちが必要以上に手を出せないよう、前に決めてしまったからね」

「どうしてもダメなんですか?」

「うん。ダメだ。君のお父さんからもお願いされたけど。それについては関与できない」

「…………」

なんかすごく重大な話をしているみたいだけど、どうしたのだろうか。エルドリッドさんが縋《すが》るような目を見せても、神様は首を横に振るばかり。

というかエルドリッドさんのお父さん、神様と会ったことあるのか。いや他種族は神様に会う機会が多いって聞くけど。でもそうなると、種族的に他の神様になりそうだね。どういうことなんだろうか。

「まあ元気出しなよ。こういうことを僕の口から言ってしまうとルール違反っぽいかもしれないけどね。解決しないわけじゃないんだ」

「……それは本当ですか!?」

「本当だよ。だから君はそのままでいい。きっとそのうち誰かが助けてくれるからね」

「はい……はい！」

エルドリッドさん、とても辛そうだったけど、神様の言葉を聞いて。目には再び闘志が灯り、やる気に満ちている。

どういうことなのかは気になるよね。

「ねえ。一体なんの話？　エルのお願いってのは……？」

「えっと、それはその、いろいろあるんだ。いろいろな……」

「そうだね。これに関しては、ぼくの口からは言えないかなー」

それについては神様も教えてくれない。まあプライベートのことだろうし。その辺のことは当然の配慮だろう。

神様がエルドリッドさんに優しく微笑みかける。

「ま、ともあれ今日は楽しんできなよ」

「は、はい」

「あ！　神様それでなんですけど。ちょっと相談がありまして」

「ああ、あれね。服と耳と尻尾のことだよね？　見えなくしておくよ」

「お？　おおお!?」

神様がエルドリッドさんに魔法をかけてくれたので、耳と尻尾は見えなくなった（と思う）。しかも服装が、ハイネックのニットとデニムのパンツ姿になった。お尻の部分の上から尻尾が出てるから、そこに穴が開いてるんだろうと思われ。

「晶君の世界には、尻尾族みたいな姿の子たちはいないからね……あれ？」

「お、おおおオレの耳と尻尾がぁ……」

エルドリッドさんは、ショックを受けたように涙目になって、床に手を突いて項垂《うなだ》れてしまった。完全に絶望のポーズである。

彼女には耳と尻尾が見えなくなってるらしい。僕にはうっすら見えるんだけど。っていうかやっぱこっちの世界の人って種族の身体的な特徴が誇りみたいな感じなんだろうか。この前のスクレのときもそうだったけど、すごくショック大きそう。神様も若干困惑してる御様子である。

「こ、これも試練だ！　オレは乗り越えてみせる！」

エルドリッドさんはそう自分に言い聞かせ、無理やり納得しだした。いや試練て。

「服はぼくからのサービスだから。いえー」

ピースサインを作るお茶目な神様。相変わらずである。

「じゃ、そろそろ行こっか」

「おう！　どこからでもかかってこいだ！　どんな相手でも倒してみせるぜ！」

「エル、違うよ？　これから遊びに行くんだよ？」

「わかってるさ。オレなら遊びながら倒してやるよ」

エルドリッドさん、耳と尻尾が見えなくなってから調子が狂った。大丈夫かこれ。自分の大事な物が見えなくなって、パニック起こしてる？　お目目、ぐるぐるしてないか？

「いってらっしゃい。あ、お土産よろしくね」

「了解しました。行ってきます」

僕は神様への捧げ物《おみやげ》リストを用意しつつ、エルドリッドさんと共に現代世界へと転移した。

§

神様たちのいるところから、現代日本に到着する。と言ってもすぐなんだけどさ。僕の部屋である。どこにでもありそうな男子高校生の一室だ。

今日はお父さんもお母さんもお出かけ中で、家には誰もいない。だから誰に気兼ねすることもない。いや、いても普通に気兼ねとかしないけどさ。

一方で耳と尻尾消失事件の混乱から回帰したエルドリッドさん。

僕の部屋や家具が物珍しいらしく、しばらくの間はそっちに興味が行っていた。

不思議そうにつんつんと指先でつついてみたり、小物を持ち上げてみたり、見回してみたりと忙しい。

「別の世界って言っていたが、オレたちの世界とはホント全然違うんだな……」

エルドリッドさんはそう言うと、部屋の壁を見上げた。

そこには現代では必需品とも呼べる家電製品がある。

「アキラ、これはなんだ？」

「エアコンだよ」

「えあこん。どういうものなんだ？」

「部屋の中の温度を調整するためのものだよ」

「マジか。夏の暑い日とか便利だな」

うむ、確かに。エルドリッドさんたち尻尾族はふわふわの耳と尻尾があるから、猛暑日とか特に大変そうだ。夏場、長毛種のワンちゃんとかネコちゃんとかサマーカットしてるの見るけど、毛が暑くて大変なんだろうね。いや毛は髪と耳と尻尾くらいだけどさ。

カーテンを閉めて電気を点けたり消したりして見せると、やっぱりそれにも驚いていた。

「すごいな……オレたちの世界も、もっと技術が進むと、こんな便利になるのかな」

「たぶんねー」

「ベッド、柔らかそうだな」

エルドリッドさんは間髪容れずそう言うと、マットにお尻を乗っけてぽよんぽよんと弾み出した。エルドリッドさん、こういう子供っぽいところ少しあるよね。

それはそうと、僕はテレビのリモコンに手を掛けた。

「天気予報天気予報っと、やってるかな？　どれどれ……」

テレビを点けてチャンネルを変えると、ちょうどお天気情報の番組がやっていた。気象予報士の人が今週はずっと晴れですと力強く断言してる。

これなら急な雨とかも特になさそう。遊興日和《びより》である。

僕のベッドを堪能していたエルドリッドさんが跳ねるのをやめ、きょとんとした表情を見せる。

「なんだこれ？」

「別の場所の光景を機械の力で映してるんだ」

「へえー。どういう絡繰《からく》りなんだろ」

「その辺の細かい説明は割愛ということで……いまのは天気予報ね」

「天気予報って……天気があらかじめわかるのか？」

「そうだよ。ほぼバッチリ当たるね」

「それ、いいな。オレも濡れるのヤだから、天気がわかるのはありがたいなぁ」

エルドリッドさんは感心している。向こうは天気予報とかないからね。それに、向こうの世界って神様たちのご機嫌で天候が変わることがあるって聞くから、そもそも天気図とか意味なさそうまである。

むしろ『今日の神様のご機嫌でーす』みたいなコーナーまで入ってきそうまである。それはそれでプライバシーとかなさすぎだけど。

僕がリモコンを使ってポチポチ適当にチャンネルを変えていると、ニュースキャスターの声が飛び込んでくる。そして、すぐに画面が切り替わった。どうやらヒーローの活躍が放送されているみたい。前衛的な造形をした花瓶を持った、どことなくファンタジーみのある怪人が画面に大きく映し出された。

『怪人ども！　性懲りもなく悪さをしているようだな!?』

『悪さだって？　俺たちは単に路上で花瓶を売っていただけだぞ！　お前たちに悪さなどと言われる筋合いはない！』

『何が売っていただけだ！　人の心の隙間に付け込んで、法外な値段で買わざるを得ないように仕向けているくせによく言う！』

『い、いや待て！　ちょっと待て！　俺たちはちょっと！　ほんのちょーっとだけ高値で売りつけていただけだ！　法外だなんて心外だぞ！』

『相場を大幅に超える値段のどこがちょっとだ！　詐欺罪もしくは公序良俗違反に抵触する行為だぞ！』

『ま、待て！　俺たちはなんの暴力行為も働いていないんだぞ！　お前たちヒーローは無抵抗の者に攻撃するつもりなのか！　この鬼畜！　人でなし！』

『うるさいくらえ！　ビッグバンスマァアアアアアッシュ!!』

『いやぁあああああ!!　話が通じないよぉおおおお！　誰か警察の人呼んでぇええええええええ!!　ぎゃあああああああああ!!』

哀れな怪人はでっかい火球と共に大爆発した。うん。今日も日本は平和である。

一方、エルドリッドさんはそれを見てさらにキョトン顔だ。バイオレンスさは横に置いておくとしても、すごい流れで問答無用にぶっ倒したのだ。驚くのも無理はない。ヒーローを知ってる僕も結構驚きの展開だ。

「なあ、なんなんだこれ？」

「これは正義の味方が悪い奴らを倒してるんだよ」

「ちなみに聞くけどよ、あの変な花瓶を持っていたのが悪い奴らなんだよな？」

「そうだよ」

「そ、そうか……」

「最近は怪人増えすぎてるからスピード解決が推奨されてるのかもね」

エルドリッドさんはしばし困惑していたけど、すぐに画面の向こうのヒーローに興味津々と言ったように見つめている。

「強えな」

「強いね。すんごく」

「ちんまいけどな」

「そ、それは本人に言っちゃダメだからね！」

そのセリフはマジでマズい。それを口にしてしまった怪人がどんな末路を辿ったか、僕の口から言うのも憚《はばか》られるほどだ。いまではガチの禁句として、怪人の間でもタブーになっているのだとか。なんでそんなところにだけ危機管理能力があるのだろうかあいつらは。

僕たちは一通り各チャンネルを見てから、画面を消した。

「じゃ、僕着替えるからちょっと待っててね」

「おう」

僕がちゃっちゃと着替えを済ませると、エルドリッドさんが目をパチクリさせた。

普通のセーターとパンツなんだけどね。

「お、似合うじゃんそれ」

「まあ一応選んで買ってるしねー」

「なんでこっちにしないんだ？　いつも着てるのは変……変わってるだろ？」

「なんかみんなそんな認識だよね。そんなにおかしいかな……」

「あんま似合ってはないな」

評価は手厳しい。相変わらず異世界の人たちにはサファリルックは奇異に映るようだ。

「まずは外に出よっか」

「おう！　そろそろ行くか！　楽しみだぜ！」

僕たちは部屋を出ようとする。僕はそこで、あることに気付いた。

「あ、エル、ちょっとちょっと」

「ん？　どうした？」

「いやその、背中のそれなんだけどね」

「剣のことか？　こいつがどうした？」

「いや、僕の部屋に置いて行って欲しいなって」

「え？　いやでも、何かあったら困るだろ？」

「大丈夫大丈夫。そんなことなんて滅多にないから」

「むぅ……わかった」

そう言っても、エルドリッドさんは剣をチラチラ見ている。名残惜しいのか、それとも新しく向かう場所に剣を持って行けなくて、落ち着かないのか。

「な、なあ？　やっぱり、持って行った方がいいんじゃないか？　何があるかわからないしさ」

「ダメダメ。武器なんか持ってたら銃刀法違反容疑でおまわりさんに逮捕されちゃうから。いや、未成年だから補導だけど、そんなことにでもなったら、丸一日潰れちゃうよ」

「そ、そうか……」

エルドリッドさんは目に見えてしゅんとなる。ホントわかりやすい。

「それに、何かあったらエルにはツメがあるでしょ？」

「あるけど、やっぱこっちの方がな」

火力が出るのか。いやというかあなたこの前『わおーんバスター』とかいうやべー必殺技使ってたでしょ。あんなんあれば、剣とかフツーにいらないはずだよ。現代人なら木っ端微塵《みじん》に消し飛ぶし。というか使わせられないかここでは。

エルドリッドさんは玄関を出るまで、チラチラと後ろを振り返っていた。


――何はともあれ、まず僕たちに必要なのは朝ご飯である。

よくよく話をしてみると、僕もエルドリッドさんも朝ごはん食べていなかったのだ。これにより軽く腹ごしらえは必須であることが発覚したというわけだ。

スクレのときはみんな大好きうな重を食べたけど、エルドリッドさんの場合何がいいのかわからないので、まあ無難そうなチェーン店にしようと思う次第。日曜朝から角煮を提供している定食屋があればよかったんだけどね。

エルドリッドさんが現代の街並みやら車やらにひとしきり驚きの声を上げる中、ふと、その眼光が鋭くなる。

「おいアキラ」

「なに？　なんかあった？」

「あそこにはどんな迷宮《ダンジョン》があるんだ？」

「……………」

もうね。これね。二回目だからね。見なくてもわかるよ。前にそれ言われたところとまったくおんなじところで立ち止まって言うんだもん。異世界の人たちには地下鉄の入り口が迷宮《ダンジョン》の入り口に見えるのはどうもお約束らしい。いやまあ確かにあそこも地下に潜ってくんだけどさ。確かに既視感あるっちゃあるんだけどさ。

「しかも武器も持たないで行くなんて……」

勘違いは止まらない。みんなステゴロで戦う強者だと思ってしまったのか。

「エル、エル。あそこは迷宮《ダンジョン》じゃないんだよ」

「そうなのか？　みんな忙《せわ》しなそうにしてるし、戦いに行くような気迫があるぜ？」

「まあ現代人の戦場に向かうんだろうからね……しかもお休みの日だしさ」

今日はお休み日曜日。にもかかわらず休めもせずに、スーツに身を包んで働きに行かなければならないのだ。鬼気迫っているのは許して欲しい。大人って大変。ちょうこわい。

と、そんなやり取りをしたあと。

僕たちは駅前にある手近なハンバーガーショップを訪れた。

「お？　もしかしてサンドイッチか」

「うん？　これはハンバーガーだけど……」

「パンに挟んでるだろ？」

「そうだけど……」

うむ。この辺りの翻訳はどうなってるんだろ。ハンバーグの語源はハンブルクで、ハンバーガーもそれがもとになってアメリカで生まれたものだし、サンドイッチも元をたどれば伯爵とか街の名前とか諸説ある。ハンバーガーもパンに挟んでいる物という認識で、サンドイッチに分類されるのかもしれない。あとで調べよう。大丈夫。僕にはグー○ルとかヤ○ーとかいう大企業の後ろ盾がある。調べ物なんて軽いもんだ。すぐ終わる。

エルドリッドさんには座っていてもらうことにして、いくつか買ってくることにした。

「そういえば、椅子大丈夫？」

「ああ、大丈夫だぜ？　尻尾のことだろ？」

「そうそう。座りにくい椅子とかあるのかなって思ってね」

「そういうのもあるが……こうして横から足の方に垂らせばいいんだ」

なるほど。エルドリッドさんには丸椅子の方がいいのかなと思ったけど、大丈夫だったらしい。

注文をしに席を離れた折のこと。ふいに、既視感というデジャヴを覚える。

「……あれー？　前にも似たようなことなかったっけ？」

なんだっただろうか。よく思い出せない。以前も何か注文をしに行って待たせたことがなかったか。

思い出そうとしながらバーガーをいくつか注文していると、エルドリッドさんがいる場所からチャラめの声が聞こえてくる。

「ねー、君一人?」

「俺たちとお茶しない?」

あっと僕が思い出したときにはもう後の祭り。ナンパである。というか、お茶しないとか普通言うのだろうか? どこかに遊びに行かないとか、お話ししないとかじゃないんだろうか? そこんところどうなってんだろうか。もっとナンパ講師に指示を仰いで来いと言いたい。

まあエルドリッドさんはスクレールと違うから大丈夫だろうとは思うけどさ。

お会計の最中に、チラチラと振り返ると、エルドリッドさんはナンパの人たちを無視していた。無視無視。もう完全無視。一生懸命身振り手振りで話しかけるナンパの人たちに対し、テーブルに頬杖突いて、鬱陶《うっとう》しそうにしている。テーブルをトントンしている指が苛立《いらだ》ちの度合いを窺《うかが》わせるよ。すごい。逆に見てる方が心痛くなりそうな展開だ。というか早く行かなければ。おつり早くプリーズ。

さすがに、しびれを切らしたナンパの人が声を荒らげる。

「おい聞いてんのかよ！？」

「ちょっとくらいこっち向けよ！」

　忍耐がないというか、無視されてる時点で諦めればいいものを。

　そんな中、エルドリッドさんはかったるそうに首を回し。

「――あぁ？」

　声色は可愛いのにドスの利いた声という、なんとも矛盾した声を出した。

　で、ナンパの人たちは、エルドリッドさんの一睨《ひとにら》みで固まった。硬直した。たぶんあれだ。高レベル冒険者《ダイバー》にのみ許された激烈で殺人的な形而上《けいじじょう》概念をぶつけられたのだろうね。そんなのに耐性のない現代人なんてイチコロだよ。リアルに意識飛ぶ。よく見るとナンパの人たちは冷や汗ダラダラ流してるし、顔も蒼白を通り越して土気色だ。健康被害滅茶苦茶大きそう。もしかしたらスクレのときの方が穏便だったまであるぞこれ。

　おつりと番号札を貰って気持ちダッシュめに、エルドリッドさんのもとへ。

「お、お待たせー！」

「おう！」

　エルドリッドさんはさっきまでの殺気（ダジャレじゃない）はどこに行ったかというほどにこやかになった。無論僕の言った「お待たせ」はエルドリッドさんだけに向けられたものではないことをここに明記しておきたい。

すぐにナンパの人たちに声を掛ける。

「あの、大丈夫ですか？」

「え、あ、う」

「おーい。しっかりー」

「お、おおお、ううう、えええ……」

ダメだ。ナンパの人たちは、まるで会話の仕方を忘れてしまったかのように言葉になっていない声を出すばかり。人類には理解できない言語を口からとめどなく発している。ヤバいぞ戦場の後遺症も目じゃないくらいにＰＴＳＤまっしぐらだ。

エルドリッドさんの機嫌がいいうちに帰ってとジェスチャーすると、慌てて店を飛び出していった。

一方のエルドリッドさんはと言えば、ちょっとむすっとした様子。

「まったく、なんだったんだアイツらは」

「いやー、よくいるナンパだよナンパ。向こうの世界でもあるでしょ？」

「ああして声を荒らげてくる奴とかはそんなにいないはずだけどな」

「こっちの人たち危機感とかそういうのないから……」

っていうかエルドリッドさんはいつもデカくてごつい剣を持っているのだ。いくら可愛くたって、そりゃあ軽い気持ちでやるナンパの対象になんてなるはずもない。下手すりゃぶった斬られる可能性も否めないのだ。

　やがて、注文した品が届く。コーラ、ポテト、各種バーガーである。

「テリヤキとかチーズとかいろいろ買ってきたよ」

「チーズは定番だよな。てりやきってのは知らないけどよ」

「あ、ちなみに玉ねぎとか大丈夫？　食べると体調とかおかしくなったりしない？」

「玉ねぎ？　別に大丈夫だけど、それがどうしたんだ？」

「いや、大丈夫ならいいんだよ」

　お耳とか尻尾付いてるからワンチャン食べられない（ダジャレではない）可能性とか考えたけど、問題ないらしい。いや人間の部分の方が大部分を占めてるから大丈夫だとは思うんだけどさ。念のため念のため。

　僕がテリヤキバーガーを差し出すと、エルドリッドさんは手早く包みをめくってバーガーにかぶりついた。

　勢いに比べ、はむっとかぶりつくお口は意外と小さい。

「お！　これうめー！」

　一口目でテンションはかなりの高さだ。味付けはお気に召したのだろう。エルドリッドさんはバーガーをにこにこしながら食べ進めている。

　ふと、彼女の視線が僕のバーガーの方を向いた。

「そっちもうまそうだな……」

「食べる？」

「いいのか!?」

　僕が包みをめくって差し出すと、エルドリッドさんがはむっとかぶりついた。

「お！　これもうまいな！」

　エルドリッドさんはニコニコご満悦。さて僕も食べようかなと思って、ふとあることに気が付いた。

「あ……」

「ん？　どうした」

「い、いや、なんでもないよ。なんでも……」

　そのまま、おずおずとハンバーガーにかぶりつく。もちろん味はいつも通りだったというのは言うまでもない。


　そんなこんなでペットショップに寄ったあと、僕たちが向かったのは地元にあるちっちゃな遊園地だった。

　以前はときどき友達と遊びにきたりしてたけど、そう言えば最近は冒険ばっかりで全然だ。かなり久しぶりの来園である。

お休みの日だからか、思った以上に賑《にぎ》わっている。家族連れでもういっぱい。でも、このくらいの込み具合なら普通に遊ぶだけなら余裕だろう。

で、初遊園地となったエルドリッドさんと言えば。

「うわー！　すげー！」

見たこともないアトラクションを見て、お耳はそれだけで空を飛べそうなほどパタパタ。尻尾はくるくる回転するほど激しく振られている。目も輝いてキラキラだ。すごい。もしこれで、都道府県詐欺をしている某ネズミの王国に連れて行ったらどうなるのだろうかという気もしないでもないけど、興味がありそうで何よりだ。

「みんな乗り物に乗ってるんだな」

「そうそう。ここはあんな感じで遊んだりするところなんだよ」

「面白そうだな！」

目一杯の笑顔が眩《まぶ》しい。目が眩《くら》みそうだ。

向こうの世界のあの手の乗り物って馬車しかないから珍しいんだろうね。

ふと、エルドリッドさんが何かを見つけたのか、さっきよりも興奮した様子で僕の肩を叩く。

「おいアキラアキラ！　あれ！　あれ！」

「なに？」

「あの屋台がすごく気になる！」

「あの屋台？」

見ると、そこにあったのは焼きたてのチキンレッグを売っている屋台だった。

エルドリッドさんは目をものすごくキラキラさせており、いまにも走り出して行きそうなほど気が逸《はや》っている様子。おもちゃやご飯を目の前にしたわんちゃんさながらである。

いやワンチャンわんちゃんではあるんだけどさ。レトリバー的に。

ってていうかチキンレッグ、滅茶苦茶食べたそうだ。ちらりと顔を覗《のぞ》くと、口から牙が見え隠れしているんだもの。野性開放モード待ったなし。「待て」のコマンドが効かない領域に入ってきたかもしれない。

「か、買いに行こっか」

「おう！」

元気いっぱいのお返事と共に、チキンレッグを買い求めに向かう僕とエルドリッドさん。

注文の際、エルドリッドさんが飛び切りの笑顔で爆弾発言をかまし出す。

「じゃあ、とりあえず十本にしようかな……」

「え？」

「え？」

僕と店員さんの聞き返しの声がハモった。

居酒屋に入ったおっちゃんよろしく、とりあえず生ビールを頼むスタンスで大量のチキンレッグを注文するという暴挙に走り始めたエルドリッドさん。どこにそんな数の鶏肉がお入りになるのかは宇宙の真理並みに謎だけど、この様子では十本でも抑えめだということがなんとなくだけど窺えた。

あっちもこっちも目を丸くさせていると、エルドリッドさんが慌てて数を訂正する。

「あ……いや、なんでもない！　やっぱその……」

減らすのか。まあそれが普通だろう。僕も店員さんも安堵して、さっきの発言は何かの幻聴か思い違いだったのだということで自分を納得させようとしていた折。

「五本で！」

「えっ!?」

「ええ!?」

エルドリッドさんは控えめにしたようだけど、全然控えめになってない。むしろ控えめにしてもそれなのかという感じで、逆にドン引きである。おじいちゃんさっきご飯食べたでしょ案件がこんなところで出て来るとは思わなかった。

フリーズした僕たちを見て、エルドリッドさんは自分の犯した間違いに気付いたのだろう。終いには真っ赤になって、再度の訂正を試みる。

「……に、二本で」

俯《うつむ》いて小さくなるエルドリッドさん。それでも一本にしないところが、彼女のチキンレッグへの情熱を窺わせる。さっきハンバーガー食べたはずなのになぁ。やはり彼女の胃袋も宇宙なのだろうか。やはり宇宙は色んなところにいっぱいあるのかもしれない。

「ぼ、僕は一本でお願いしますね……」

「しょ、承知いたしました！　レッグ三本はいりまーす！」

僕も店員さんもどこかぎこちない。仕方ない。だって普通なら考えられないおかしな事態に直面したのだ。見て見ぬふりをするだけで精いっぱいなのである。

エルドリッドさんはしばらく恥ずかしそうにしていたけど、チキンレッグが差し出されると、すぐに顔を輝かせ、両手に持った。スモークチキンレッグとテリヤキチキンレッグの二刀流である。これで踊り出したらどこかの蛮族だ。エルドリッドさんはそんなことしないけど。いや、以前醤油でそんなことをした人がいたということは言うまいよ。

「た、食べよっか」

「おう！」

エルドリッドさんはさっきの恥じらいもどこへやら。もうチキンレッグしか目に入っていない様子。もはや牙というか八重歯は見え隠れどころではない。

僕もチキンレッグにかぶりつく。皮のパリパリとした食感のあと、肉厚のもも肉からジュワっと肉汁が溢れてくる。味付けもすごくいい。幸せな味だ。

「ふぉおおおおおおおおおおおおおおおおおおおん!!」

横から聞こえてくる遠吠えのような声から推察される衝撃は、推して知るべし。ちょっとヤベー感じの声のようにも聞こえたせいでビクッとなったけど、僕の脳内では尻尾族の遠吠えということで処理しておいた。これ以上考えてはいけない。お顔も見ないでおこう。

「うめー!!」

さっきのハンバーガーのときよりも元気がいい。チキンレッグお気に召したか。

「これさっきのサンドイッチと同じ味だな!」

「そうだね。テリヤキ味」

「てりやきか。てりやき、てりやき……うん! 覚えたぜ!」

エルドリッドさんはどうやらてりやきがお好みらしい。

二人で並んでチキンレッグをもぐもぐしていると、ふと、エルドリッドさんが気になるものを見つけたらしい。

「なんだこれ? イベントショー?」

「へー、会場でなんかやるみたいだね」

掲示板に書かれていたのは、遊園地で行われるサプライズイベントの情報だった。

サプライズであるため、もちろん演者のことは隠されている。おそらくは地元出身の芸人とかパフォーマーとかが出るんだろう。よくあるよくある。

僕たちはそのあと、腹ごなしにアトラクション巡りへと移行した。

まずは、手始めに二人乗りのゴーカートに乗り込んだ僕たち。

「おお!?　おおおお!?」

乗り込んだときのエルドリッドさんの第一声は、驚きだ。

ゴーカートは自分で運転できるので、気軽に車を体験できる。

最初は緊張していたものの、うまく操れることがわかった途端、どんどんスピードを上げ始めた。

「これおもしれー!」

「ちょ、ちょちょちょ、安全運転!　安全運転でお願いしまーす!」

「いやっほー!」

エルドリッドさんはレベルが高いから、多少スピードが速くても怖く感じないのだろう。

僕はお隣で一生懸命交通規範を訴えかけるけど、人に迷惑を掛けない範囲に落ち着いただけでスピードは速いまま。

ゴーカートはとてもお気に召したらしい。結構な時間二人で乗り続けて、次のアトラクションへ。

お次はメインとも言えるジェットコースターである。

「これは運転できないんだな」

「そうそう。レールに沿って動くからね。しっかり掴まってね」

「わ、わかった！」

最初の大きな落下のあと、ぎゅいんぎゅいんと振り回される。

「おおおっ⁉」

「エル！　大丈夫⁉」

「へへっ、これくらい『嵐帝《ストームレイド》』との戦いに比べればなんてことないぜ！　むしろ楽しいくらいだ！」

「そ、そうなんだ……」

迷宮深度48【空中庭園《くうちゅうていえん》】のボスモンス。どんな感じで戦うことになるのか。背中に乗ったりとか、こんな風に振り回されたりとかするのだろうか。ジェットコースターなのか。戦うのすごく大変そうだ。

そんな新たな事実が浮上したあと、ジェットコースターを降りた僕たち。

次に入ったお化け屋敷については、エルドリッドさんには子供だましだったようで。

「ふーん。【街】に比べればなんてことないな」

「そりゃああんなところ比べちゃダメでしょうよ。あっちはこっちと違って作りものじゃないリアルのお化けが出てくるんだもの」

「そりゃそうなんだけどよ」

　このお化け屋敷、モチーフは廃校だけど、異世界人であるエルドリッドさんにはそもそもその趣《おもむき》自体が縁遠いものなので臨場感が伝わっていないご様子。不気味要素は廃墟《はいきょ》ってことくらいだし、廃墟なんか向こうの世界じゃ日本以上にありふれたものだ。

「人形が脅かしに来るのはアレだけど、人間の方は気配が丸わかりだな」

「そうか！　異世界人的形而上《けいじじょう》概念の存在を忘れていた――！」

　異世界の一部の人は、殺気とか気配とかそんな曖昧なものを感じ取ることができるのだ。そりゃそんなことができたら、お化け屋敷なんて怖くもなんともない。そのうえレベル48という途方もない武力だ。そりゃあ怖いものなんて少ないよね。

「僕は『背後霊《バックゴースト》』とか死ぬほど嫌だけどね」

「あ、あれの話はするな！」

　どうやらエルドリッドさんもあれは苦手らしい。気配もなく後ろに立たれりゃビックリするもの。あの階層はアイツと『居丈高《スレンダー》』は絶許《ぜつゆる》だ。根絶やしとか根切りにしたい切実に。

　そんなこんなで、お化け屋敷を出たあとのこと。

「ん？　レッグの屋台が移動してる……」

「あー、あの屋台って時間帯ごとに遊園地内をぐるぐる回るんだよね」

「オレ、ちょっと買ってくる」

「え？　いやそれはちょっと待って――」

振り向いたときには、エルドリッドさんの姿はなかった。レベル48のすんごいスピードで駆けて行ったのだろう。まさに疾風のようにという形容がぴったりだ。

でも、しばらく待っても戻ってこない。

その後すぐに様子を見に行ったんだけど。屋台があるだけだった。チキンレッグをお買い求めになっている家族連れの間に挟まっているとか、すでに買い終わって近くのベンチに座っているということもない。

エルドリッドさんはどこにもいない。

もう一度言おう。どこにもいない。

「ぎゃー！　はぐれたー！」

エルドリッドさん、まさかの迷子である。

§

「おーい！　アキラー！　おーい！　ダメだ。完全にはぐれちまった」

失敗した。チキンレッグ食べたさにアキラから離れたら、姿を見失ってしまった。

だけど、チキンの誘惑には勝てなかった。肉も柔らかいし、味付けも抜群。骨も噛み応えがあるからついついもう少し欲しくなってしまったのだ。これはいい。この味付けならオレたちの世界でも人気が出るぞ。出なくてもオレが全部買うけどな。

（ま、最悪入り口とかで待っていればいいか）

この世界の人間たちは、どうもその場で連絡を取る手段を持っているらしい。なんでも『けーたい』とか『すまほ』とかいうものがそのやり取りを可能とするようだ。お互いが持っていなければいけないので、オレには使えないけど、それはアキラも持っていた。

さっき買い直したチキンレッグの骨をワイルドに齧《かじ》りつつ、アキラを探しがてらぶらぶらと見て回る。

そんな中、騒がしさに釣られて、ふらりと広場のようになった会場に足を踏み入れた。

どうやらここでは何か催し物をしているらしい。観客は主に子供たちで、とてもはしゃいでいる様子だ。「必殺技見せてー」とか「怪人今日出て来るかなー」とか、よくわからないことを言い合っている。なんの話だろうか。

「ん？　ああ、これさっき話してたイベントショーってヤツか」

演目が、掲示板で見た内容と一致している。舞台の上では、変わったコートを着た演者たちが観客たちに何かを語り掛けているようだった。

「あ、こいつらさっきアキラの家のテレビで見たヤツらだ……」

不気味な姿形をした妙な人間を、どデカい火球をぶつけて消し飛ばしていた赤くてちっちゃいのがいる。

どうやらメンバーはマフラーで色分けされているらしく、とてもわかりやすい。

桃色のマフラーを付けた女性が子供たちに語り掛ける。

「みんなー！　今日は平和のためのイベントに来てくれてありがとう！」

「僕たちと一緒に、平和について勉強しようね！」

だが、子供たちはと言えば、平和には全然興味ないようで。

「べんきょうヤダー」

「必殺技見せてー」

「ねー空出動《からしゅつどう》はー？　空しゅつどー！」

「空出動はしない！　まったく誰も彼もアキみたいなことを言って……」

どうやら演者たちは日々を平和に過ごすための心得を説いているようだが、一部の少年たちがわがままを言って赤いマフラーの少女のことを困らせている。どうもあの中で一番人気があるのは彼女らしい。

客席の後ろの方へ近づくと、ネコを模した大きな人形が寄ってきた。

「うわっ！　なんだ!?」

『ぼく、にゃんダイン！　みんなと仲良くなれたらうれしいな！』

「え？」

『ぼく、にゃんダイン！　みんなと仲良くなれたらうれしいな！』

「お、おう……」

妙な声だ。喉から出ていないような不思議な音声である。

こちらが妙な圧力に戸惑っていると、大きな人形は腰に括《くく》り付けていた風船を手渡してきた。

「あ、ありがとう……」

『みんな！　僕たちと一緒に平和を守ろう！』

「えっと……」

『改造怪人！　死ねぇ！』

最後まで会話がまるで噛み合わない。なんなんだろうかコイツは。

それに、ネコを模しているはずなのにあまり可愛くないのはいただけない。

子供たちが大きな人形に近づくと、「おらーにゃんダインしねー」とか「くたばれゴミカスー」とかやたら物騒なことを言いながら、人形が手出ししてこないのをいいことに、殴る蹴るの暴行を加え始める。

どこの世界でも子供がやんちゃなのは変わらないらしい。

そんなのを尻目に、舞台上の演者たちをしばらくぼーっと眺めていると、ふいに会場の入り口の方からおかしな恰好《かっこう》をした生き物が現れた。

「……なんだありゃ？」

見た目は魔物のようでもあるけど、そんな雰囲気じゃない。

独特な衣装をまとった二足歩行の牛……って感じだ。ほんと異世界は不思議なことでいっぱいだ。

「牛モツ怪人ハチノスタウロス参上！　ブモモモモモ！　ヒーロー共よ！　血祭りにあげてくれるモー！」

……うん。わかった。変質者だ。それも、とびっきりの。おかしなヤツだ。

観客たちは「あれ、本物？」「マジで⁉　TikTak《チックタック》に上げなきゃ！」「わーい！　必殺技が見れるぞー！」と言って喜んでいる。よくわからないが、危機感がまったく感じられない。ということは、これも催し物の一部なのだろうか。そう考え始めると、急にどうすればいいかわからなくなる。

オレの困惑を余所《よそ》に、観客たちが示し合わせたように会場の端へと逃げていく。それを誘導するスタッフ。なんというかみんな手際がいい。ということはやっぱり催し物の一部なのか。

そんな風に逃げ遅れていると、変質者がオレの方へと寄ってきた。

「よーし！　まずはお前を人質にするモー」

「あぁ？」

本日二回目の一睨みである。変質者はそれだけで怯《おび》えたように怯《ひる》んでしまった。

「な、そんな睨んだだけで、俺がどうにかなるとでも思っているのかモー！」

オレは静かに視線を下に向けた。筋骨隆々な上半身に対し、下半身は随分と頼りない。

「……にしては足ガックガクじゃね？　もう生まれたての小鹿レベルだろそれ」

「こ、これは!?　一体どうして!?　俺は改造怪人だぞ!?　どうして一般人如きにこんな醜態を!?」

「そんなモン、テメェが雑魚だからってだけだろ」

「ざ、雑魚だとぉ!?」

木で鼻を括ったように吐き捨てると、変質者は烈火の如く怒り出した。

変質者から本気の敵意が向けられる。どうやらこいつは本当にこの催し物の一部ではなかったらしい。わかりにくいのは本当によして欲しい。

仕方ないなと思いつつ、背中に手を伸ばす。だが、いつもあるはずの手ごたえがない。

（あ、そっか、剣ないんだったな……）

アキラの家に置いてきたのだった。こういうときのための剣なのだが、まあこっちの世界にはこっちの世界のルールがあるから仕方がない。

「貴様は俺を愚弄した罪で、このヒヅメで血祭りにあげてくれるモー！　食らえ、ハチノスのヒヅメ！　マシンガンフーフ！」

変質者が、自分の蹄《ひづめ》を自慢げに見せつけながら、なんか喋《しゃべ》っている。

直後に後ろから「危ない！」とか「逃げろ！」とか聞こえてきた。

それに気を取られたせいで、出足が遅れた。変質者が蹄を乱打しながら向かってくる。攻撃をかわす頃合いを逸してしまい、ついつい反射的にこちらも爪を出して引《ひ》っ掻《か》いてしまった。

相手の蹄が引き裂かれて、ついでに巻き起こった余波が地面やアスファルトにも大きなひっかき傷を残す。

「ぶもぁあああああああああああ!!　何がぁああああああああああ!!」

「あ、悪《わり》ぃ。つい……」

仕掛けてきたのはこいつだ。オレは別に悪くないのだが、意図せずやってしまったことで、ついつい謝罪の言葉が出てしまった。

変質者は地面を左右にゴロゴロ。のたうち回っている。

すると、後ろから勇ましい声がかかった。

「大丈夫か!?　あとは私たちに任せろ！」

「いや、あんなやつ別にオレ一人でも大丈夫だけど……」

とは言ったものの、今日は折角遊びに来たのだ。無用に騒ぎを起こすこともない。すぐに食い下がるのをやめて、端に寄った。

赤いマフラーの少女が高らかに叫ぶ。

「よしみんな！　怪人は一体だけだ！　みんなで袋叩きにすればすぐに倒せるぞ！」

「リーダーリーダー、袋叩きってちょっとそれ言葉のチョイスがマズいんじゃない……？

子供たちの前よ？」

「そうですよ……それはさすがにヒーローとしてのセリフにはそぐわないかと思うんです
けど」

「そうか？　うむ、じゃあ、周囲を取り囲んで容赦なくタコ殴りにしてしまえばいい！

ボコボコのボコだ！」

「『そっちの方がダメー！』」

　桃色のマフラーの女性と黄色のマフラーの少年が懸命に叫ぶ。どうも意思疎通ができて
いない様子だ。

　一方で、怪我《けが》をした変質者は引け腰になっている。

「そんな卑怯《ひきょう》な！　一対一ではないのかモー!?」

「そんなわけないだろう！　というかお前だってさっき人質を取ろうとしたじゃないか！

どの口が言うんだどの口が！」

「せ、正義を標榜《ひょうぼう》するヒーローのクセに、多人数で取り囲むとは何事だモー！　子供の前
で恥ずかしくないのかお前たちは！」

「他のヒーローがどうかは知らんが、私たちのモットーは『正義は必ず勝たねばならん』

だ！　というか襲いかかってきた相手に『子供の前で』とか言われたくないぞ！」

ひーろーたちが、変質者と戦い始める。本当に取り囲んで攻撃し始めた。容赦ない。

だが――

変質者は蹲《うずくま》りながらも、反撃の機会を窺っている。力を溜めているのだろう。

あのままでは、黄色いマフラーが巻き込まれてしまうか。

「ふーん」

オレはいままで、はむはむしていたチキンレッグの骨をガリっとかみ砕いて、鋭利になった部分が、変質者に当たるように投擲《とうてき》した。

・・・・思い切り。

地面が靴裏の形に砕けて陥没し、吹き飛ぶ。

レベル48の投擲だ。そこらの投石士や指弾師でも出せないような豪速の尖端《せんたん》が空を切り裂き、変質者に向かって一直線に飛んでいく。

レッグの骨はオレの狙い通りに変質者の脳天にぶっ刺さった。

「もぎゃあああああああああああああああああああああああ!!」

変質者の魂《たまげ》消る絶叫が聞こえる。あとは別にいいだろう。ひーろーとかいう強いのが、あとは全部ケリをつけてくれるのだから。

「くらえ！　バァアアアアアアアアアニング！　スマァアアアアアアアアアッシュ!!」

凄まじい爆発音を背後に、オレはショーの会場を後にする。

……後ろの方から「やったー必殺技だー」とか「大バズり間違いなし」とか声が聞こえてきたが、一体なんの話だったのだろうか。

§

「――へえ、ショーってヒーローショーだったんだ」

僕はエルドリッドさんとはぐれたあと、散々園内を探し回ったおかげか、なんとか彼女と合流することに成功した。

「ああ、途中で変質者も出てきたけど、まあどうにかなったみたいだぜ？」

「変質者……」

「しゃべる牛の魔物みたいなヤツだ」

「ああ、そういうのね……どこにでも出て来るなぁ」

それでまあ、なんとなく何があったのかはわかった。

っていうか、どうしてこの世界に誰か連れてくると、改造怪人が出てくるのだろう。というか異世界の人基準だと改造怪人はやっぱ変質者扱いらしい。よくわからん。

「ちなみにショーをやってたのはどんなヒーローだったの？」

「名前よく聞いてなかったな。なんだったか。ああ、色違いのマフラーを付けてたぜ？」

「あ、じゃあ、朝テレビに映ってた？」

「そうそう、それだ」

うおう、マジか。ニアミスしてたか。

「あの中に僕の友達いるし、ちょっと顔を出しに行ってみようか」

「知り合いがいるのか？」

「そうだよ。幼馴染みがね」

そんな感じでちょっと挨拶しに行こうと会場へ。

僕は撤収作業をしていたスタッフさんを捕まえて、ヒーローの話を聞くことにする。

「すみません。今日イベントに来てたヒーローたちっていまどうしてます？」

「あ、ちょうど後始末を終えて帰ったところです」

「あちゃー、入れ違いかー」

結局ニアミスのまま終わってしまったようだ。残念。

スタッフさんがエルドリッドさんににこやかな笑顔を向ける。

「さっきはすごかったですね。もしかしてあなたも他のヒーローチームの人ですか？」

「え？　いやオレは別に違うけど……」

「そうなんですか？　あ、でも確かにそんな感じのヒーローチームに見覚えないし……」

スタッフさんは何故か首を傾げている。なんかエルドリッドさんの頭や腰の方を見ている気がしないでもないけど、どうしたのだろうか。

ともあれ。

「エル、会場で何かしたの？」

「あ？　ちょっと黄色いのが危なそうだったから、鳥の太ももの骨を投げてあの変なのの脳天にぶっ刺しただけだ」

ひえー。

「すごい。全然『だけ』じゃないしそれ」

「いや別に投げただけだし」

「さすがレベル48……」

物投げただけでも改造怪人に致命傷を与えられるとかすごいよ。その辺にあるものすべてが武器になるんじゃないか。某格闘漫画の環境利用なんたら的に。

そんな話をしている中、ふと、とあることに気付く。

「なんか僕たち、注目されてない？」

「そうか？」

「うん。僕たちというか、主にエルなんだけど」

周りにいる人たちが、みんなこっちを見ているのだ。特に、エルドリッドさんの方を注視している。確かにエルドリッドさんは美人なので注目されるのは当たり前かもしれないけど、なんかちょっと奇妙な感じの視線にも思える。

僕たちが戸惑ってきょろきょろしていた、そんなときだ。

「ふんぎゃあ!?」

突然エルドリッドさんが、猫が踏んづけられたような声を上げた。どうしたのか。そんな残虐性が高い事案は起こっていないようだけど。

ふと彼女の後ろを見ると、五歳くらいの男の子がいた。

しかも、エルドリッドさんの尻尾を掴んでいる。

「しっぽー。おねえちゃんお尻からしっぽがはえてるー」

「へ?」

僕が男の子の言葉に驚いている一方で、エルドリッドさんはそれどころではない様子。

「ちょ、そこは、やめ……」

エルドリッドさんは尻尾がダメなのか、腰砕けになって僕にもたれかかってくる。へろへろのへなへなだ。尻尾を鍛える前の某野菜星人みたいだ。

これは、つまり、だ。

「も、もしかして幻術解けてる——!?」

尻尾が見えて掴まれているということは、そういうことだ。やばい。神様パワー不十分だったのか。それとも何か別の要因で解けてしまったのか。それはわからないけど、このままでは非常によろしくないことは火を見るよりも明らかである。

「ちょ、まずそれ離して！　離して！」

すぐに男の子に尻尾を離してもらってから、エルドリッドさんを立ち上がらせる。

「魔法、解けちまったか……どうする？」

「ぼ、ぼぼぼ僕が魔法で何とかするから！」

「い、いや……そこまで焦ることか？」

「だって僕の世界には尻尾生えてる人いないんだって！　神様も言ってたでしょ！」

いまのエルドリッドさんは、ちょっとしたコスプレガールって思われるかもしれないけど、勘のいい人とかは気付いてしまうだろう。今日のエルドリッドさんの服装も、耳や尻尾を隠せるようなものじゃないから、適当な誤魔化しは利かない。

「まずはどこかに避難！　避難！」

「お、おう！」

僕はエルドリッドさんの手を引っ張って、手近な物陰へ。

「げ、『幻影アンキャニーサイト』!!」

手早く魔法を使って、耳と尻尾を見えなくした。これでもう大丈夫だ。ふう。

しかし、そこで僕は重大な失敗をしてしまったことに気付いた。

OFF

「ってぇ――!?」

「お、おま！　バカ何やってんだー！」

耳や尻尾を消したらなんと、服や下着まで見えなくなってしまったのだ。焦ったのが災いしたのだろう。エルドリッドさんがあられもないお姿になってしまっている。大事な部分とか見えているヤバい。

「ごくっ……」

僕がいろいろな意味で固まっている一方、エルドリッドさんは気が気ではないようで。

「おま！　おまおまおま！　何見てんだ早く戻せ！」

「ご、ごごご！　ごめんごめんごめんなさいー！　ええっとこの場合は、さらに魔法をかけるのはよくないから……」

「は、ははは早くしろ！　誰か来たぞ！」

「うわー待って待って待って！」

足音が聞こえてくる＆段々大きくなってくる。これはマズい展開だ。

危機感を覚えたエルドリッドさんが、どんどんこっちに詰めてくる。僕は極力触れないようにしようと後ろに下がったせいで、お互いバランスを崩してその場に倒れてしまった。

「ぶふっ！」

「うぐぅ！」

押し倒される形になってしまった。この前もどこかで似たようなことがあったような気がするけど、そんなことを考えている場合じゃない。

「『祓魔《ふつま》ディスペライ』！　そして『幻影アンキャニーサイト』！　…………ふう、これで大丈夫」

僕は一度掛けた幻影魔法を解除して、再度魔法をかけ直す。

とんでもないハプニングはあったものの、エルドリッドさんは無事にもとの状態へと戻った。でも、だいぶ恥ずかしそうにしている。

「ええっと……その……」

僕が話し難そうにしていると、エルドリッドさんはぷいっと顔をそむけた。

「…………ばか」

「ごめん！　ほんとごめん！　僕の不注意だった！」

「い、いや……まあわざとじゃないってことはわかってるから、いいけどよ」

エルドリッドさんはそう言ってくれるけど、僕は平謝りである。わざとじゃないにせよ、迂闊《うかつ》だったのは確かなのだ。

「…………」

エルドリッドさんは黙ったままだ。どうしよう。何か話題を切り替えるべきか。

「あ、あのさ！　エルに聞きたいことがあるんだけど！」

「……なんだ？」

「え、えっと、その……今朝、エルが神様と話してたことなんだけどね？」

「オレが？　ああ、あのことか」

「なんか深刻そうな感じだったけど、何かあるの？」

「まあ……な」

エルドリッドさんはそう言うと、少しだけ俯いてしまった。

あの話はやはり、彼女にとって重要なことなのだろう。

「あれは、ちょっと家族のことでさ」

「エルの？　何かあったの？」

「…………」

訊《たず》ねたけど、エルドリッドさんは答えない。黙っているというよりは、どう切り出せばいいかわからず、口が開けないって感じだ。でも、家族のことというのは、どういうことなのだろうか。神様に相談するってことは、単純な家族関係の悩みじゃないはずだし。おいそれとは解決できない何かがあるのかもしれない。

やがて、エルドリッドさんが口を開いてくれる。

「お袋がさ、ちょっといろいろあってさ……その関係で、オレも親父とうまく行かなくなっちまって……」

「簡単には解決しそうにない話なんだね」

エルドリッドさんの口ぶりは、たどたどしい。やはりしにくい話なのだろう。

彼女は空気に耐えられなかったのか、照れ隠しのように頬を掻く。

「ま、なんだ。そのうち話すよ」

「僕で何か協力できることがあったら言ってよ。力になるからさ」

「……いいのか？」

「いいに決まってるでしょ？」

僕がそう言うと、エルドリッドさんはしばらくキョトンとしていたけど、すぐに雰囲気が明るくなる。

「……ああ！　そのときはよろしく頼む！」

「うん！」

エルドリッドさんに、笑顔が戻った。やはり遊びに来たときは、こうでなくちゃね。

その後は、また二人で遊園地を一回りして、すべてのアトラクションを堪能した。

わけなんだけど。

「――チキンレッグ二本で！　いや、やっぱり三本で！」

エルドリッドさんの果てしない食欲に僕や店員さんが再度戦慄《せんりつ》したのは、言うまでもないことだ。

第28階層　醤油に翻弄される者たち

本日の冒険者《ダイバーズ》ギルドにて。

今日も今日とて学校帰りに友達の家に遊びに行く程度の感覚で異世界に現れた僕ことクドーアキラ。

ほのぼの椅子に座って、まったりジュースを飲んでから、さあ迷宮《ダンジョン》へお出かけしようかなと平和でゆるゆるな計画を目論《もくろ》んでいたときだった。

みかん百パーセントを謳う歴史ある飲み物をぐだぐだ味わっていると、食堂の受け取り場所からスクレールが出て来たのを見つけた。

銀色のポニーテールをふりふりと揺らして、きょろきょろと辺りを見回し、背伸びしたり横を覗《のぞ》いたり。どうやら空いている席を探しているらしい。

いまは夕方のお時間であり、晩御飯で込み合うちょっと前。だけども、ちょうど迷宮《ダンジョン》から冒険者《ダイバー》が戻って来る時間帯でもあるため、席が徐々に埋まりつつある。

洗い場で汚れを落として一休み。

テーブルの上に今日の成果を広げて分け前のご相談。

夜間探索《ナイトアタック》に向けた打ち合わせ。

ちょっとギルド前を通りかかったから寄って雑談。当然冒険者《ダイバー》には規則正しい生活なんて無縁のものだから、いまがお食事タイムって人もいる。

まあ、要するに込み合う直前ってことだ。

よく見ると、この前初めて会った耳長族のつなぎ役の子も一緒だった。

フード付きの砂除《すなよ》けマントを着込んで、時折そのフードの陰から鋭い眼光を放っている。

手には同じように湯気立ち昇る器の載ったトレーが一つ。

二人でお食事タイムなのだろう。

「おーい」

「あ、アキラ」

手を振って呼びかけると、スクレが長い耳をピコンと跳ねさせた。

いつものように平坦な語調の返事をしてから、つなぎ役の子を後ろに引き連れて、すぐにこちらに歩いてくる。

「アキラ、これから?」

「そうそう。今日はまったり流そうかなと思って。そっちの人もお久しぶりでこんにちは」

「うん」

軽く挨拶を口にすると、つなぎ役の子はこくんと頷いた。

「今日は何食べるの？」

「これ、おいしくないお粥《かゆ》」

「謎原料」

「あ……」

こっちはもうその言葉で察しました、である。

お粥なのに原料謎とはこれ如何《いか》にといったところだが、ここの食堂にはそんな妙なものが食材としての地位を確立しているのだ。

一応これにも、穀物らしきものを使っているらしい。だけど謎。なんの穀物なのかは食堂の中でも一部の人間しか知らない、知らされないという謎の食物だ。

ギルド食堂名物、三大ゲロマズ料理、その内の一つでもある『謎のお粥』。名前もこれで通っているのだから、異世界のネーミングセンスに対して懐疑的になるのも無理からぬことと許して欲しい。

肝心のお味についてだけども、お食事中の方々には大変申し訳ないのだけど、これがまあほんとマジでおいしくない。マズい。ゲロだ。マイルドに形容しても吐瀉《としゃ》的なブツである。酸っぱい匂いがしないだけマシというくらいにゲロを極めてるんだからどうしようもないことこの上ない。

湯気を立てた粒々どろどろ流動食が、ふつ、ふつ、と湯気由来とは違うタイプの気泡を上げている。「危険じゃないですよー」とその無臭ぶりで訴えかけながら、食べた者を悶《もん》絶《ぜつ》させるという、毒キノコも真っ青なムーブを行うギルド食堂のオールドフェイス。

ちなみに残り二つのうちの一つは『歩行者ウサギ《ウォーカーラビット》』がいつももしゃもしゃ食べてる草で作った『おいしくないスープ』。

この前シーカー先生が腹の減り具合と口に残る嫌な苦さを天秤《てんびん》にかけて葛藤していたアレだ。時折冒険者《ダイバー》に成り立てのルーキーとウサギが葉っぱを取り合って追いかけっこをしているくらい一部界隈《かいわい》には人気がある。もちろん味はお察しだけど。

そして最後の一つが、○清や○ックも目じゃないぜくらいの大いなる謎『謎のお肉ステーキ』だ。

これについては『本当に食べてしまったのか』的なお話になるのが怖くて、いまのところ一度も口にしたことはない。だって結構大きな塊を安価で提供してくれるんだもん。値段で怖くなったって仕方ない。エビの味がする虫とか、肉の味がするゴムとか、きっとそんなのだ。絶対「真っ当なお肉じゃない」に五百万ペリカかけてもいい。

「今日はどうしてまた謎のお粥を？」

僕は素直な疑問を口にする。

スクレほどの稼ぎがあるなら、お安い食べ物で我慢する必要はないはずだ。

ギャンブルクズのシーカー先生ならばいざ知らず。お金の管理もしっかりしている彼女なら、たとえ月末の懐寂しい時期であっても、お財布の中は余裕なはずだ。

「里で入用だから、手持ちは最低限残して、あとは送る」

「そうなんだ」

「そう。これもショウユウーのため」

「あー、なるほどね」

耳長族の里で、醤油の生産が決まったのだろう。そう言えばこの前、資料を渡したし。

だからそのための費用を、彼女も供出するというわけだ。

「でもだからって謎のお粥にしなくてもいいんじゃ？」

「ショウユウーのためなら我慢も苦じゃない」

「目指せショウユウー一般化」

つなぎ役の子も万歳をして、ノリノリである。

ほんと耳長族醤油好きすぎ問題。醤油一つにここまでするとは思わなかった。

この子たち、もう手の甲に乗っけてペロペロするだけでは我慢のできない身体になってしまったらしい。やめられない止まらないを謳う危険ドラッグ的フレーズで有名なカル◯ーのスナック菓子も目じゃないぜ。河童の海老煎は麻薬だぜ。

だけど、やっぱり気になるのはお粥のことだ。

「ほんとに我慢できるの？」

訊《たず》ねると、スクレは器に目を落として、苦い顔。

「……正直後悔してる」

「……想像以上。これを食べて吐き戻さない冒険者《ダイバー》たちは、すごい精神力を持っていると推察する」

だろう。そのマズさの鮮烈な記憶から、高位ランカーになっても時折食べたくなるらしい。僕もそんな錯乱状態に陥った冒険者《ダイバー》を何度も見た。例外なく目がぐるぐるしているし、絶対『催眠目玉《スリープアイ》』の放つビームか何かの後遺症だ。

スクレが意を決して、匙《さじ》を口に運ぶ。

「……おいしくない」

がっくりと項垂《うなだ》れるように頭を下げるスクレールさん。

一方、つなぎ役の子も匙でお粥を掬《すく》って口に運んだ。

「ぐ、ぶふっ……」

つなぎ役の子は、あまりのマズさに吹きかけたらしい。えずいた反射で目に涙がたまっている。

冒険者《ダイバー》稼業は地獄だぜ。

そんな地獄から脱するために、僕が一つ提案する。

「醤油でもかけたら？」

「それはショウユウーがもったいないからダメ」

「貴重なショウユウーは、もっといい料理に生かすべき。こんなものにかけるなんてショウユウーへの冒涜《ぼうとく》的行為」

二人とも意見は一致している。

というかそれで冒涜的な行為ならば、現代日本の人はどれだけ禁忌を犯しているのか。たまに直飲みする冒険者（ダイバーではない）とかいるけども、あれなどかなりヤバい部類に入るのではないか。

それにしてもつなぎ役の子、今日はよくしゃべる。前は共通語あまりしゃべれなかったはずだけど、勉強したんだろうか。流暢《りゅうちょう》とはいかないが、片言ではなくなっている。

そんなときだった。

近くにいた冒険者《ダイバー》が、よく聞こえる声で、

「おいおい、あれ見ろよ。あいつら貧乏そうなモン食ってるな」

「耳長族のクセに、あんなモン食ってら。よっぽど潜行《ダイブ》が下手くそなんだな」

「わははは！」

「あははは！」

とかなんとか言って、こっちを向いて嘲笑っている。

ニヤニヤとした視線を向けながら、だ。

「む」

「う」

スクレとつなぎ役の子がイラっとした様子で反応する。

そりゃああんなこと言われたら腹も立つよ。しかもスクレよりもずっとランクとかレベルとか低そうな冒険者《ダイバー》たちだ。

しかしあいつらってば、最近ランクを物凄い勢いで駆けあがっているスクレールのことを知らないのだろうか。いや、それはないはずだ。フリーダで冒険者《ダイバー》をしている耳長族は僕の知る限りスクレくらいしかいないし、銀髪ポニテの『銀麗尾《シルバーテイル》』と言えば、いまはみんなが知っている有名冒険者《ダイバー》になりつつある。

つまりこれは、ただのやっかみである。

ともあれ、その言いようにはつなぎ役の子が腹を立てたらしく、ちょろっと殺気を滲《にじ》ませた。

うん。まず最初に被害を受けるのは近くにいた僕ですよね。

胃とタマタマがきゅんとなる。僕は何もしていないのにひどい限りである。その形而上概念操作に指向性を持たせることはできないものか。つらみ。

だけど、すぐにスクレールが止めに入った。

「ダメ」

「でも」

黙っていられないつなぎ役の子に、スクレは再度首を振った。

その辺、僕もスクレに同意する。

「さすがにね。あれくらいは我慢しないと」

「でもスクレ姉がバカにされたのは納得いかない」

「それはまあ、わかりみですけど……」

うん、つなぎ役の子が怒り心頭になる気持ちはわからないでもないよ。でも、そんな程度で暴力沙汰を起こしてはキリがないのだ。いちいち付き合ってやっかみを暴力で粉砕玉砕大喝采《かっさい》していれば、やっぱりランクの査定に響くしね。

「冒険者《ダイバー》は節度も大事」

「……わかった」

スクレが再度宥《なだ》めると、つなぎ役の子は怒りを収めてくれた。

僕はさっきの冒険者《ダイバー》たちに目を向ける。

「あれだね。自分よりランクの高い冒険者《ダイバー》が質素なもの食べてるから、優越感に浸ってるんでしょ」

だけど、ニヤニヤと嫌みな笑いを向けてきたり、聞こえよがしに美味い美味いと言ったり、焼肉を見せつけて来るのは正直腹が立つ。そっちだってそこまで上等なものでもないだろうに。自慢するなら上の階の高級レストランの食べ物でやれと言いたい。

ふと、スクレが立ち上がった。

そして、

「……やっぱりぶち抜く」

堪忍袋の緒が切れてしまったらしい。予想よりも随分とお早かった。

「まあ待ってよ」

「アキラ、邪魔しないで」

「さすがに流血沙汰はさ」

「耳長族は誇り高い種族。絶対に退けないときがある」

食い物でかよ。

「さっき言ってた節度はどこいったのさ」

「もう限界」

「ここは抑えて、抑えて」

「うー」

スクレはほっぺをぷくっと膨らませる。すっごく可愛いけども、いまはそんなこと言ってる場合じゃない。いまはさっきのおバカな冒険者《ダイバー》たちが、流露波《リウルウハ》など、耳長族のトンデモ武術でぶち抜かれて死体を晒《さら》すか晒さないかの瀬戸際なのだ。

どうするべきか。

見て見ぬふりをするべきだろうか。

まああの冒険者《ダイバー》たちがどうなろうと僕の知ったこっちゃないんだけども、スクレールたちにこんなしょうもないトラブルを起こさせるわけにはいかない。

何か手を講じなければ。

「やっぱりぶち抜く」

「一撃必倒。身体爆砕。魂魄《こんぱく》消滅」

「ちょいちょいちょい……」

つなぎ役の子も怖い賛意を口にしながら立ち上がる。身体爆砕とか魂魄消滅とかマジ怖すぎ。シャレにならない。

で、ド・メルタにおける強種族のお二人。殺気が身体からにじみ出ていて、察しのいい冒険者《ダイバー》たちはトラブルに巻き込まれまいと、さりげなーく距離を取り始める。

さっきの冒険者《ダイバー》たち？　気付いてるわけないじゃん。冒険者《ダイバーズ》ギルドではお馬鹿＝雑魚なのだ。方程式になるまでもなく成り立っている常識である。

というか耳長族をバカにして笑いものにする人間が強いわけがない。

そんなおバカな冒険者《ダイバー》をぐちゃぐちゃにせんと歩き出した二人に、僕は声を掛けた。

「ねー、ちょっと考え直してさ」

「ムリ。限界」

「謝罪が必要」

うーん。ならこれならどうだ。

「やめてくれたらー、醤油を使ったー、最強の料理をー、食べさせてあげようかなってー、思ってるんだけどなー?」

わざとらしくそう言うと、スクレの耳がピコンと跳ねて、つなぎ役の子のフードも大きく動いた。

「我慢できないならー、仕方ないよねー、これは僕が一人で食べちゃおう。そうしよう」

もうほんとミゲルに大根って言われても仕方ないくらい下手くそなセリフを口にすると。

「ちょうどいまやめようと思ってた」

「クドー・アキラは神」

二人は回れ右の要領でくるりと反転、こちらを向いてダダダッと駆け寄って来た。

……うん、ちょろい。ほんとちょろいよこの子たち。耳長族の誇りよ一体全体どこ行ったのだ。醤油で消し飛ぶような脆《もろ》いものだったのか。

というかつなぎ役の子よ。そんな軽率な神認定なんてしして大丈夫なのだろうか。不敬とかにならないのだろうか。

スクレとつなぎ役の子は、すぐさま席に戻って謎のお粥を掻《か》き込んでカラにする。

一瞬マズさに悶絶するも、醤油を使った料理のためなら苦でもないということなのか。

物凄い気概を見せつけられた気分だ。さすが耳長族である。

二人はすぐに水を飲んでお口直し。

そして僕に期待に満ちた視線を向けて来る。

「わくわく」

「わくわく」

瞳のきらきらが眩《まぶ》しい。

ともあれここで僕が「最強とか嘘です。てへ」なんて言おうものなら、どんなことが起こるかはエスパーでなくても目に見えている。

おそらく彼女たちは暴走するはずだ。さっきの冒険者《ダイバー》たちが八つ当たりでぐちゃぐちゃにされて、僕も吊るし上げられる未来が見える。

それはいけない。

ということでまずは、虚空ディメンジョンバッグから、カセットコンロと小さめの鉄のフライパンを取り出す。スキレットね。

そして、醤油とバターを出して、最後にメインである「とある缶詰」をテーブルの上に置いた。業務用、１８５０グラムのヤツである。

するとスクレが興味深そうに缶を持ち上げる。

「これの中身は？」

「コーン。トウモロコシ」

「知らない。知ってる？」

「（ふるふる）」

つなぎ役の子も、首を横に振っている。そう言えば、この世界に来てトウモロコシを見たことがない。だいぶ前に食べたステーキの付け合わせも、キノコとイモだけだったし。トウモロコシがないのがフリーダだけで、探せばどこかにあるのかもしれないけど。

一応スクレは以前に口にしているはずだ。

「ほら、あれ。コーンスープの原料だよ」

「――！　こぉんすうぷはおいしかった。期待できる」

クノー○神のことを思い出したか、スクレの目が一層輝く。つなぎ役の子も彼女の様子を見て、さらにわくわく。一層期待に満ちた視線を向けて来る。

「こぉんすうぷ、こぉんすうぷ」

テンションが高めのスクレさん、何故か醤油と同じようにイントネーションが独特だ。

「いや、コーンスープね。コーンスープ」

「だからこぉんすうぷって言ってる」

「う、うーん……じゃあメイちゃんはどう？」

「こぉんすうぷ？」

「あ、あれ……？」

うーん。ダメだ。やっぱりイントネーションがおかしい。耳長族はちゃんと発音できない呪いにでもかかっているのか。いや他の物は大丈夫なのに醤油とコーンスープがダメなのはこれいかに。あ、ちなみにメイちゃんってのはつなぎ役の子のお名前です。

「それで、何を作るの？」

「僕がこれから作るのは、バター醤油コーンだよ」

「バターショウユウー」

「こぉん」

そう言って、スキレットをイイ感じで熱して、そのうえにバターを引く。

「バターのいい匂い」

「（こくこく）」

バターが溶け切ったタイミングで、コーンをぶちまけ、さらに追いバター。

それだけでもいい香りが漂うのに、だ。

「もしかして、ここにショウユウー？」

「そうそう」

ステーキのときにもバター醤油を味わったことがあるスクレには、わかったのだろう。

醤油を回しかけると、すぐさま醤油の香りが立ち昇る。

「ふわぁああああ！」

「ここが理想郷……」

スクレは興奮の声を上げ、つなぎ役の子はうっとりしすぎて異世界から別世界に行ってしまった。うむ、そこがヴァルハラでないことを切に願うばかりである。

ともあれ手早くかき混ぜると、熱された醤油の匂いが、大ホールの一角を占拠する。

醤油とバターの香り、そしてコーンに付いた焦げ目がひどく食欲をそそる。

すでに二人はじゅうじゅう言っているスキレットに目が釘付けで、口の端から涎《よだれ》を垂らしていた。ちょっとカセットコンロを左右に動かしてみると、二人の目と首がつられて動く。

右に寄せると顔も右に。

左に寄せると顔も左に。

なんか、おもしろかわいい。

バターと醤油の焦げた香りで、周囲の視線もこっちを向いている。

「お、おい、ありゃあなんだ？　あんなの食堂に売ってたか？」

「いや、見たことねぇ……」

「すげぇいい香りがするぞ……やべぇ超腹減ってきた」

当然、二人のテンションも上がる上がる。爆上がりである。

「ショウユウーとバター、至高」

「ショウユウー！　ショウユウー！」

いまどきバター醤油コーンで喜ぶ人間など、幼稚園生とか小学生くらいだろうが。

まあこの世界では初の食べ物だから仕方ないんだけどさ。

スクレールたち、さっきの冒険者《ダイバー》たちのことなど、すでに意識の外らしい。

テーブルの上に敷物を置いて、その上にスキレットを置き、スプーンを渡す。

「……食べていい？」

「(じー)」

熱視線を向けて来る二人に、注意事項を話しておく。

「鉄板がお熱くなっておりますので、お気を付けください。お食事の際はよく混ぜてお召し上がりを」

なんてちょっと店員さんっぽく言うと、二人はコクコクとものすごい勢いで頷いて、コーンにスプーンを突っ込む。

そして、ひとしきり混ぜ終わると、

「はふはふ」

「あむあむ」

口に運んで咀嚼《そしゃく》した直後、スクレの耳が激しくピコンピコン跳ねる。

「甘くておいしい！」

「うまうま……うまうま……」

感想も手短に述べて、コーンを夢中で頬張る二人。

つなぎ役の子に至っては恍惚《こうこつ》に囚われていて、意識がうまく働いていない様子。手が自動でスプーンを動かすというような有様だ。もはやゾンビの様相を呈していると言っても過言ではない。

その間にもう一つスキレットを取り出して、追加の調理に取り掛かる。

この勢いだとかなり作らなければならなくなりそうだ。

「はいブラックペッパー」

スクレに、味変のためブラックペッパー（ギャ〇ンではない）を渡すと、追加で作ったコーンにかけ始める。

そして、スクレは匙でひと掬い。

さっきまで嘲笑っていた連中に、見せつけるように。

「最高」

勝ち誇ったような顔を見せる。

一方そんな仕返しをされた方は、額に青筋を作ったかと思うと、椅子から立ち上がった。

「テメェ！」

「舐《な》めやがって！」

激発である。自分から挑発してきたのにこれとは理不尽なことこの上ない。

この上ないんだけど、彼らが見ているのは何故か僕で——

「え？　僕？　なんで対象が僕になるの？　それおかしくない？」

「おかしくねぇよ！　ふざけやがって！」

「そうだ！　全部テメェのせいだ！」

「うそーん」

僕がバター醤油コーンを作らなければよかったとでも言うのか。

まったくひどい話である。

僕は君たちを守ったのに。お助け料とか一億万円欲しいくらいなのに。拳で払うとか、そんな展開期待してない。

冒険者《ダイバー》二人は拳をぽきぽき鳴らして近寄って来る。

一方、その足音に対して、当然スクレもつなぎ役の子も反応した。

もともと彼女たちもやるつもりだったのだ。動くのも当然だろうね。

だけどまあ結局はこうなってしまうのかと、ため息が出てしまう。

と、そんな中――

「おい、お前ら」

「あん？」

なんか、例の冒険者《ダイバー》の後ろからぞろぞろ他の冒険者《ダイバー》さんたちが現れた。

しかも、装備の質がかなりいい。ミゲルたちだって目じゃないくらい。いやたぶんきっとそれ以上の上物だ。高レベルランカーのチームだということがすぐにわかる。

「なんだテメェら！　邪魔する気――」

「そうだ」

威勢よく振り向いた冒険者《ダイバー》は、最後まで言葉を口にできなかった。

後ろから来ました方々の中で先頭に立っていた一番偉そうで若くてワイルドなお兄さんが、スクレやつなぎ役の子にも負けない、いやそれ以上かもしれない殺気を放ったのだ。

まだまだ離れてるのに、僕も目眩《めまい》がしそうなくらいきつい。

当然真正面にいた二人はおかわいそうに、一瞬でその場に昏倒《こんとう》した。

なんというか僕のバター醤油《どりょく》コーンは一体全体なんだったのかという展開だ。殴る蹴るの暴力事件に発展しなかっただけいいと見るべきか。

まあ、これでもここでは穏便に済んだ範囲に入るんだけどもさ。

ともあれ、僕が助けてくれたお兄さんたちに「ありがとうございます」と声を掛けようとしたんだけど、お兄さんが僕の方に歩いてきた。

「おい」

「はい？」

そして、上から声を掛けられた。背が僕よりずっと高いからね。見下げる形になるのだ。というかなんか怖い。いや顔は怖くないんだけども、なんか雰囲気がね？　こう、高レベル的なあれだよ、あれ。

そんな中、ふと周囲から聞こえて来るひそひそ話。「あれは『黒の夜明団《ブラックダウンオーダー》』の……」とか「『赤光槍《クリムゾンランス》』だ」とかだ。

確かにお兄さん。二つ名の通り赤くて大きな槍を背負っている。

そんで鹿賀丈史的に僕の記憶が確かならば、この人はフリーダ三大巨大チームの一つ『黒の夜明団《ブラックダウンオーダー》』の幹部の人だったはずだ。冒険者《ダイバー》でも超超超有名な人の一人である。

そんで、その超有名人さんが、僕を見下ろしてきた。

「君がクドー・アキラか？」

「え、はい。そうですけど。ごめんなさい」

「なぜ謝る？」

「いや、なんか空気的に謝らないといけない気がして、つい初手謝罪的なムーブをてしまった次第です」

だってしょうがない。こういうことが突発的に発生すると、日本人的自衛のため、ごめんさいとかすみませんとか出会い頭でかましたくなるのだ。いや出会い頭じゃないけどさ。そこんところ、もう反射的に口にしてしまうのがデフォで設定されている人種なのだから仕方ないのである。

そんな中、『赤光槍《クリムゾンランス》』さんから突然ガシっと手を握られた。

そして、

「はちみつポーションを作ってくれたこと、感謝の言葉もない」

「は？　え？　はあ」

突然のことですぐに察することができなかったけど、はちみつポーションの言葉で思い至る。この人、怪着族《かいきぞく》の人なのだ。はちみつポーションでお礼を言う人たちなんか彼らくらいしかいないし。

そう言えばこの人、よく見たらカッコイイ魔物皮の腰巻を巻いているし。なかなか珍しいものを持っているのはさすが大ギルドの幹部さんだ。

ともあれ、

「怪着族の方だったんですか」

「ああ。君のおかげで怪我《けが》の憂慮が減った者の一人だ」

『赤光槍《クリムゾンランス》』さんはそう言うと、後ろの人に持たせていた荷物をテーブルの上に置いていく。

「これは国の族長からだ。感謝状とお礼の品だ」

「え？　え？」

なんていうか、ポンポンとたくさん。しかも結構高価そうなものばかり。感謝状に勲章みたいな装飾品に、もろもろいろいろである。

こんなに貰ってなんかすごく申し訳ない気分になるのは、僕が小市民だからだろうか。

「なんかありがとうございます」

「礼など言うな。それはこちらが言うべきものだ」

そう言って「本当にありがとう」と感謝の言葉を述べられる。

……こんな風に、最近はやたらと怪着族の人から感謝される。

身近なところだとミゲルのところのレヴェリーさんとか。

緩い感じのチームにいたお兄さんとか。

というか怪着族の人、そのうち怪我もしてないのにはちみつポーション飲んで怒られそう。甘味のストックがこれしかなかったからとか言ってさ。あり得る。というかそんな未来しか見えない。僕って結構罪深いことしてしまったのかもしれない気がしてならないよ。

すると、コーンを頬張っていたつなぎ役の子がキラキラとした視線を向けてくる。

「怪着族からも感謝されている。すごい」

「そう。アキラはすごい」

完全に尊敬のまなざしである。「やはりクドー・アキラは神」とか言ってるし。そういうの、神様に対して失礼にならんのじゃろうか。

というか何故かスクレが自慢げにうんうん頷いている。後方〇〇面というやつかこれが。

感謝状やらお礼の品やらの受け渡しが終わった折、ふと『赤光槍《クリムゾンランス》』さんが、チラチラ見ているのに気付いた。

対象はあれだ。バター醤油コーンである。

怪着族的に、食欲が刺激されたのだろう。

「食べます？」

「……！　いいのか!?」

ちょっと嬉しそう。

「ええ、まだ沢山ありますし」

「で、ではご相伴に与ろうか。うん」

チラ見がバレたのが恥ずかしかったみたいだけど、匂いを嗅いだら吹っ飛んだようで、
スクレやつなぎ役の子も斯《か》くやの勢いで食べ始めた。

とまあ、そんなこんなで、『黒の夜明団《ブラックダウンオーダー》』関係の人たちにもバター醤油コーンをごちそうすることになった。

はい。1850グラムが一気にカラになりましたとも。こいつらほんと食欲すさまじい。

うん？　倒された冒険者《ダイバー》たちはどうなったかって？　そこらへんに転がってたけどいつの間にか消えてた。僕は知らない。

第29階層　ミゲルとさんぽ

この日はギルドの正面ホールでミゲルとばったり出会った。

なんか最近会ってなかったので、随分とお久しぶりだ。僕が午後から迷宮《ダンジョン》に潜行《ダイブ》するのに対して、ミゲルは仲間と午前中から潜るから、会わないときは全然会わないいんだよね。

今日のミゲルもいつも通りだ。

ふわりとした金髪と人好きのしそうなタレ目を持ったイケメンフェイスで、肩にごっついショルダーアーマーが付いた鎧《よろい》を着こんでおり、いつでも潜行準備万端だという出で立ちである。

ミゲルは僕を見つけると、気安く手を上げた。

「お、クドーじゃねーか」

「ミゲルちはー。今日は一人？」

「おう。みんな今日は予定があるから、俺一人で暇つぶしにぶらぶらしてんだわ」

「そっかー」

いつものように緩い会話をしながら、ちょっとした近況報告をし合う。

って言っても最近どうしてるとか、どこに潜行《ダイブ》したとか、そんなのだ。

で、その会話の結果、少し歩こうということになった。

迷宮《ダンジョン》を。詳しく言うと【森】を。

一部の人たちからは「迷宮《ダンジョン》を散歩コースにするなんてなに言ってんだコイツ」と思われるような話だけど、僕たちにとって迷宮深度5【大森林遺跡《だいしんりんいせき》】はそれくらい楽な場所なのである。僕たちだけじゃない。高レベルの人とかはみんなそんな感じだ。

ここを散歩するのは気持ちいい。まあ深度は低いといっても一応迷宮《ダンジョン》だからそこまで気は抜けないんだけどね。

適度に間伐された森林エリア。

広々とした草原エリア。

奥の方は鬱蒼《うっそう》とした森が続くけれど、手前の方は歩くのにちょうどいい。モンスターにさえ気を付けていれば、特段危険はないのだ。僕の場合は『歩行者ウサギ《ウォーカーラビット》』に帽子を取られる危険性とかも考えなくちゃだけどね。

「でよー、レヴェリーがなー」

「ねえミゲル。ノロケはそのくらいにしない？　僕もうお腹いっぱいで吐きそうなんだけど」

「吐いてないんだ。まだ大丈夫だろ？」

「なんかムカムカしてきた。いろんな意味で」

「へへへ、うらやましいだろ」

「うらやましい死ね。カエルみたいに潰れてしまえ」

僕がどれだけ恨みつらみを織り込んだ呪いの言葉を口にしても、ミゲルには全く効果がない。へらへら笑っているのみだ。恋愛強者の余裕は呪詛《じゅそ》すら容易に跳ね返す強力な加護があるらしい。

そんな話をしていると、なんか不思議な光景に遭遇した。

ウサギたち――『歩行者ウサギ《ウォーカーラビット》』たちが集団で草原を爆走してるのだ。ズドドドドって効果音が勝手に脳内再生されるくらいに土煙を上げて走ってる。マジ謎の光景危機感ある。

僕はミゲルの服を引っ張った。

「ねえミゲルミゲル。あれって何かな？」

「んあ？　ああ、あれか、どっかのバカがウサギにちょっかいかけたんだろ？　ありゃお礼参りだ。お礼参り」

「うわ。あの数で仕返し？　こわー」

ウサギの数は二十とか三十じゃきかない。目算でも百匹弱はいる。ホントどこにこんなにいたのってくらいにいっぱいいる。マジこっわ。この階層にいるカチコミ要員総出なんじゃないだろうか。

「いやー、久々に見るけどやっぱすげえなー」

「久々って、アレときどきでも見ることあるんだ……」

まるで日常だとでもいうような気軽なミゲルの口調に、僕は戦慄《せんりつ》を禁じ得ない。

ウサギは弱っちいけど、あんな大量に集まられたらさすがに対処できなそうだ。あいつら防御力クソ高いし、あの体格で体当たりされたらそれだけでダメージになる。まずそもそも重さでヤバいまであるのだ。ミツバチのやる熱殺蜂球みたいなことされたら、人間なんて簡単に潰れてしまうだろう。

一般冒険者《ダイバー》にはギルドが取り決めた『うさぎさん保護ルール』が浸透しているから、やったのは高確率で初心者とかだろうし、そうなるとレベルが低いから、たとえウサギといっても侮れない。

ウサギに手を出してはならぬ。ウサギの怒りは大地の怒りとかそんな言い伝えありそう。これで目が赤く光ってたら完璧だったね。ヒマラヤン的に赤目のウサギとかもいらっしゃるけどさ。

「そういえばあれあれ。未認可の保護団体はこういうときってどうしてるんだろ？」

「ああ、『だいすきクラブ』か。報告しなけりゃなんもねえだろ」

「そうなんだ。迷宮《ダンジョン》内に隠れて監視とかしてそうとか思ってたけど、そんなことはないんだね」

「……たぶんな」

いや、そこ否定してよ。視線を逸らさないでよ。

うさぎさんだいすきクラブはこの世界のよくわからん団体の一つだ。

たぶん『歩行者ウサギ《ウォーカーラビット》』をウオッチして愛でる会なんだろうけど、実体はものすごく不透明。なんとなくカルト宗教的な香りがしないでもない。

うーん。今度会員であるエルドリッドさんに何してるのか聞いてみようかな。でもそんなこと言ったら、喫茶店に連れていかれて「詳しい人がいるんだ」的に幹部を紹介されたり、支部がある建物に連れていかれて『入会するまで出られない部屋』とかいう夢も希望もエロすらない現実が待っていたりとか……ないよね？

ふいにミゲルがたじろぐ。何か見つけたらしい。

「うお、黒いのもいやがるじゃねえか。何したんだよ……」

「あ、確かにいるね。黒いウサギってヤバいの？」

「普通のウサギは弱っちいが、黒いのは強いぞ。首を狩るんだ」

「え？　なにそれ、どこぞの迷宮《ダンジョン》に出てくるヤベー、ボーパル的なバニーさんですか？」

「なんだそりゃ？」

「いや、気にしないで。やっぱウサギはどこでも首狩りなのか……」

どうやらダンジョンに出てくるウサギは強いっていうのは、どの世界でも常識らしい。

っていうかアレは黒じゃなくて白だし。そもそも一般的、普通サイズである。

「黒ウサギは他のウサギよりも大人しくて滅多に出てこないんだが。仲間のウサギがピンチになると出てくるんだよ。一時期密猟が流行《はや》ったときなんかは、密猟団の首がそこら中に転がってたって話だぜ？」

「ひえー」

なにそれ怖すぎ。ギルドのルールってウサギの保護じゃなくて冒険者《ダイバー》保護のためだったんじゃなかろうか。っていうかなんでそんなに急にサツバツとするかなこの世界は。こんなのほほんとしたお散歩タイムなのに首を狩るとかワードが飛び出して来るのホントおかしいよ。

「……迷宮《ダンジョン》はまだまだ知らないことがいっぱいだよね」

「だな。知らんことはいっぱいある」

「ねー、秘密のルートもそうだし、温泉のある新階層とかもあるし」

「温泉のある新階層？　そんなところあったか？」

「あるよ。この前師匠に連れてってもらったんだ。ちなみに受付には報告してない（キリッ）」

「報告してないじゃねえよ。そういうの見つけたら報告する義務があるんだぞ？」

「きこえなーいきこえなーい」

僕が両手で耳を塞いでいると、ミゲルは呆れたようにため息を吐いた。

「っていうかマジでそんなのあるのかよ？」

「あるよー。森から直《ちょく》でいけるんだー。行く道は結構険しいんだけどさ」

「お前が言うってことはなかなか大変そうだな」

「そうだね。ただ階層のレベルは結構高めかなー。いまからちょっと覗《のぞ》いてみる？」

「お？　いいな。行こうぜー」

「出てくるモンスは激強だから気を付けてね」

「へえ？　この前の『四腕二足の牡山羊《フォースアームゴート》』とどっちが強い？」

「いやあれと比べちゃダメでしょ。まあ正味あれよりも倒しやすいと思うよ？　僕一人でもいけたし」

「お前のは基準になんねーな」

「ではどうしろと？」

僕とミゲルはそんな雑な話をしながら、迷宮深度未詳【楽土《らくど》の温泉郷《おんせんきょう》】に行ったわけだけども。

『霧の境界』をくぐったあと、ミゲルが真顔になった。

「マジか……マジであんのか」

「それ僕とおんなじ反応ね。ここ噂の秘密のルートにも入ってないんだよね？」

「ああ、入ってねえな。第7にも第8にもねえよ」

まーた知らないルートが飛び出てきたよ。やっぱり秘密のルートってあるらしい。僕なんてまだまだ初心者なんだということを実感させられるよ。

ふと、ミゲルが周囲を見回す。

「こういう妙な森を見ると、『森ザメ』を思い出すな」

「もりざめ」

またなんか出て来たよ。僕の知らないモンスが。いや、なんとなく、なんとなくわかるけどさ。聞き返さずにはいられないよ。

「ああ、まあそれも秘密のルートにいる魔物でよ。森の中を徘徊《はいかい》して獲物を探し回るんだ」

足でも付いてんのかそれ。

「じゃあ水の中を泳ぐサメは『水ザメ』ってこと?」

「は？　何言ってんだお前？　サメが泳ぐわけないだろ?」

「んー?」

突然ぶっこまれた驚きの事実に、僕は困惑が隠せない。

「あの、ミゲルさん、それはどういうことなのでしょうか？　詳しく」

「だってサメは空飛ぶ生き物だろ?　お前も見たことないか?　【水没都市《すいぼつとし》】に出る『空ザメ』をよ」

「いや、まあ……あるけど」

ある。あるけど……なんだろう。僕は間違ったことを言ったのだろうか？　いや確かに空飛ぶサメは【水没都市】と映画の両方で見たことあるけどさ。

「でも【水没都市】には泳いでるのもいるよ？」

「泳いでるのがいる？」

「ほら、やたらでっかい奴でさ」

「もしかしてクジラのことか？　確かにあれもそれっぽいが、特徴的には違うだろ」

「？？？」

うーん。なんだろうこれ。なんかソシャゲをやりまくって織田信長の性別がわけわからんくなった人とか、錬金術師になって『うに』と『くり』が逆転した人みたいな心境になってるよ僕。常識ないなったわ。

僕はミゲルから混乱の呪文を掛けられたまま、スニーキングしつつ階層を歩いていると、ふいに森の奥の方に大きな影を見つけた。見覚えのあるシルエットだ。

「あ、ほらあれ。あれがさっき言ってた激強モンス」

「へえ、近接はやりにくそうだな」

「あいつ、丸まってすごい速度で転がってくるんだよ」

「……不思議な攻撃するんだな」

「いやまったくで」

師匠が言うには、どうやら僕のせいだった可能性もあるらしいね。あの忠告はきちんと覚えているし、今後気を付けようと思っていることでもある。

「他は？　何か特徴はあるか？」

「この前来たときはアイツにしか遭遇しなかったからわかんないや」

「なるほどな。だがこの様子じゃ、この階層って意外に魔物は多くないのかもな」

「そうかな？」

「いま見た限りじゃ、形跡も見当たらないしな。もっと奥に行けばいるのかもしれんが」

ミゲルなりに考察しているらしい。さすがは高ランク冒険者《ダイバー》である。向上心が高い。

「で？　報告はどうすんだ？」

「ここを見つけた師匠に了解を取ってからじゃなきゃダメかなって思ってて」

「お前、その師匠には頭が上がらないのか」

「無理だね。命がいくつあっても足りないよ」

そんな感じで、【楽土の温泉郷】をあとにして、【大森林遺跡】へと戻ってきた僕たち。

ちょっと休憩ということで、その足で手近な安全地帯《セーフポイント》へと引っ込んだ。

僕は敷物の上に腰を下ろして、虚空ディメンジョンバッグを開く。

「んじゃま、腹ごしらえっと」

「今日は何が出るのか楽しみだぜ」

「ミゲル、僕に集《たか》る気満々じゃん」

「当たり前だろ。お前の持ってくるものはうまいからな」

そう言って、ミゲルは待っているだけの状態になる。なんか素直に出すのも癪《しゃく》なので、我慢比べでもしようかなと思ったけど、やっぱり不毛過ぎるのでやめた。

でも、何を食べようか。と言っても、僕の手持ちなんて限られてるわけで。

「よし、袋麺にしよう」

「ふくろめん？」

「そうそ」

僕はカセットコンロとアルミ鍋、昔ながらの醤油味的なインスタントラーメン三袋、水道水入りペットボトル、そのほかトッピング用の食材や調味料を取り出す。

ミゲルはそれらを興味深そうに手に取る。

「料理でもすんのか？　手が込んでるな」

「これで料理って言ったら世の料理人さんたちとか主婦とかに申し訳が立たないよ」

「そうかね？　作業すればなんでも料理だと思うけどな」

まあ確かにインスタントラーメンも手間をかければ料理だけどさ。

僕はアルミ鍋で規定量のお湯を沸かすと、袋から麺を取り出して投入。小袋の封を切ってスープの素《もと》も投入。保存容器に入れてあったネギやらチャーシューやらをぶち込んで、適当に完成させた。

取り分け用の器二つとスープを入れる用のお玉、ミゲルにはフォークを渡して、食べる準備万端である。

「いい匂いするなぁ」

「でしょ？　あとこれブラックペッパー、ラーメンコショウ、すりおろしニンニクのビン、ラー油、ごま油。好きなの使って味変してね」

「へー、いろいろあるんだな」

そんな話をしつつ、僕は器にラーメンを取り分ける。立ち昇る湯気、スープの良い匂い。やっぱりインスタントラーメンはラーメン屋のラーメンとはまた違う良さがある。

「お、うめえ」

「気に入った？」

「このスープがいいな。こっちの奴を入れてもうまいのか？」

「基本的に全部合うものばかりだから。入れる量は気を付けてね」

そう言いながら、僕もラーメンをすする。この分だったら、四袋開けてもよかったかも。すぐになくなりそうだ。

一方でミゲルは、調味料を試し始める。ラーメンを器に少量取って、一つずつ一つずつかけていく。楽しそうだ。やっぱりスープの味変が楽しいのは誰でも共通している。

「胡椒もいいな。香りが引き立つし、ピリッとするのもアクセントになる」

「ほうほう」

「ニンニクは魅惑の味だな。どっさり入れたくなるぜ」

「わかる。みんなそうだもんね。ニンニクマシマシは罪の味だよ」

「油関係も香りが引き立つな。らーゆ、だったか。こいつは辛みがあるんだな」

「そうそう。やっぱラーメンにはラー油入れたくなるよね」

「どれがいいとか甲乙つけがたいぜ……」

そうだ。結局そうなる。でも一番は自分の好きにやって食べればいいのだ。

「たまにはこういうのもいいな」

「そうだね。こんな風にまったり過ごすのも、楽しいよね」

「だな。やっぱ落ち着ける時間は必要だ。これまでのことを振り返ることができる」

振り返る、か。やっぱ反省とか大事なんだね。

「最近はどう？　焦ったりとかしてない？」

「焦る？　そんなの俺たちには無用の心配だな。正直なところを言うと、他のチームと違って、別にランクなんて下がっても構わねえしな」

「この前、新進気鋭のチームが増えて、うかうかしてられないとか言ってなかったたっけ？」

「それは確かにそうなんだがよ。でも、そればっかり気にして仲間を危険な目に遭わせてたら、リーダー失格だ。オレもここに来てそんな長くはねえけど、そんな奴らを沢山見て来たよ」

そうだろう。僕だって結構な数のチームを見てきているのだ。僕よりも冒険者《ダイバー》生活が長く、周囲への興味を欠かさずよく観察するミゲルなら、僕以上に危険そうなチームを見てきているはずである。

「俺たち冒険者《ダイバー》のやるべきことは、無事に帰ってくること、安定した稼ぎを生むことだ。真面目にやってりゃ、そういう意識が身についてくる。それはお前もそうだろ？」

「そうだね。毎回怪我《けが》とか大冒険とか、そういったことをしに行く場所じゃあないかな」

「そういうこった。ま、確かにランクは気にすることではあるが、どっちをより強く気にするかだな」

ミゲルは器を持ち上げ、ラーメンスープをずずっと啜《すす》る。

そんな彼に、訊《たず》ねた。

「ミゲルはお金稼いで、どうしたいんだっけ？」

「俺か？　俺は当面仲間で過ごすホームを作ることが目的だな」

「そういえばそんなこと言ってたね」

「集まる場所を作って、わいわいやるのって、楽しいだろ？」

「うんうん。確かに」

ミゲル、なんか目的が結構人並みだ。マイホームを買って仲間でホームパーティーを開きたい大人の人たちとイメージが被る。

僕としてはそういうの、親近感湧くけどね。

すると、今度はミゲルが逆に訊ねてきた。

「お前はなんかあるのか？　レベル上げが目的とか言ってたが、理由、あるんだろ？」

「んー？　僕には特に。強くなれればいいかなって感じだよ」

僕がそう言うと、ミゲルはフォークの先を向けてくる。

「そこだ。お前はいっつもそこをはぐらかすよな。強くなるってのにも、理由があるだろ？　理由がよ。クドー、お前はどうして強くなろうとしてる？」

「…………」

「そろそろ、教えてくれてもいいんじゃねえか？」

僕はいつになく真面目そうなミゲルの顔を見て、息を吐いた。

「……いいや、僕が強くなりたいのは、強くなりたいからっていうのが目的だからだよ。そこは変わらないかな」

「……ふむ。でも、別に最強を目指してるとかそんなワケじゃねえんだろ？」

「うん。悪い奴らに負けないくらいには、かな」

「悪い奴ら……ねえ」

そうだ。世の中、悪い奴らは一杯いる。見えるところにも、見えないところにも、だ。そういった奴らに負けないよう、強くなっておくのは有事の備えなのだ。小市民的にね。

僕が静かにしていると、ミゲルはフォークを置いた。

「ま、今日はこのくらいにしとくか」

「あれ？　気になるんじゃないの？」

「気にはなるが、時間はたっぷりあるさ。また気が向いたときに話してくれりゃあいい」

「そっか」

「そうだ」

言いにくいことかと思って、気を利かせてくれたのだろうか。ミゲルはやっぱり気配りがうまい。

ともあれ、そんな感じで僕とミゲルの会話は終わった。

あとは残りのラーメンを食べ終えて、そのまま正面ホールへと帰った。

なんか特段ハプニングとかトラブルとかなかったけど、やっぱり冒険はこういうのが一番いい。

第30階層　遭難者を救助することも、まあしばしばあったり

――新人冒険者《ダイバー》ディラン・フロストは、迷宮深度8【霧浮《きりう》く丘陵《きゅうりょう》】の安全地帯《セーフポイント》で一人、進退に窮《きゅう》していた。

「俺は、バカだ……」

もう何度こうやって、階層に踏み入る前の自分を貶《けな》したか。

どうして、体力に余裕があるからと、事前に調べもしていない階層を目指してしまったのだろう、と。

どうして、このような貧弱な装備だけでも進めると、根拠のない自信を持ってしまったのだろう、と。

安全地帯《セーフポイント》の出入り口から周囲を窺《うかが》い出してから、もうどれくらいの時間が経っただろうか。通りかかる冒険者《ダイバー》に声をかけることもできず、かといって動くこともできず、往生している。

ここ【霧浮く丘陵】は、ガンダキア迷宮では低階層に当たる場所だ。第１ルートの途上、

【大森林遺跡《だいしんりんいせき》】の次で、深度は8。つまり、レベル8以上の冒険者《ダイバー》ならば、腕や足を失っても最悪生きて帰ってこられるかもしれないという目安が付けられている。境界を抜けると波打つように広がった草原が続き、常に霧がかかっているという視界の最悪な階層だ。でこぼこの地形は常に前方の視界を遮り、そのうえ霧が視界を霞ませるため、唐突に魔物が飛び出してくるということはざらにある。

チームを組む冒険者《ダイバー》たちならば、連携さえしっかりしていれば問題なく潜ることができると言われている。だが、ディランは一人であり、冒険者《ダイバー》になったのは数日前という、新米も新米、超新米の冒険者《ダイバー》だ。迷宮潜行《ダンジョンダイブ》の心得などほとんど持たず、技術も知識もほぼゼロ同然。彼の家系が戦いを生業《なりわい》とするものだったならば多少の無茶も通るだろうが、ディランは王国北にあるさびれた農村の三男坊ゆえ、そんな技術など持ち合わせてはいない。

彼の家がもっと裕福だったならばこんな日銭稼ぎの窮地には……とは言うまい。農家の次男三男が家を出るのは、いわば宿命だ。畑は次の家長である長男が継ぐため、家にいれば飼い殺しが当たり前。家に置いてもらえたとしても食い扶持《ぶち》以外を稼ぐことはほぼ不可能であり、働き手の数と稼ぎが釣り合わなければ、売られるか追い出されるかのどちらか。結局のところ、口減らしのためにディランは家を、村を出ることとなったのだ。

ディランの体格はそれほど大きなものではないが、幸い身体は丈夫であり、水汲みや農作業、害獣駆除などを人一倍こなしていたため、体力も同年代に比べて勝っていた。

それゆえ仕事には困らないだろうと、なけなしの金銭と共に送り出されたわけだが――いずれにせよ働く伝手《つて》がなければ路頭に迷ってのたれ死ぬのは必然である。

そんな彼に一縷《いちる》の希望を持たせたのは、冒険者《ダイバー》の存在だった。

昔から彼ら冒険者《ダイバー》の話はよく寝物語に聞かされていたため、ディランもその存在は知っていた。世界の中心近くにある大都市には迷宮《ダンジョン》と呼ばれる魔物の巣窟があり、そこでしか取れない珍しい素材などを得て金銭を稼ぐ勇者たちがいるということを。うまく立ち回れば、その身一つで一財産築くことも不可能ではないと言われ、ディランもよくそんな益体《やくたい》のない夢に思いを馳せていた。

そのため、ディランがフリーダに来ることはそう難しい話ではなかった。

村で渡された数少ない手持ちでは、魔物と戦うための装備を十分に揃えることができないため、最低限身を守るための胸当てや脛《すね》当てを購入し、当分は低階層に自生する食材などの採集に専念しようとしたのだが――結局は、欲を出したのがマズかった。

【大森林遺跡】を問題なく潜行《ダイブ》できたからという理由だけで、次階層である【霧浮く丘陵】にまで足を延ばしてしまった。もちろん、自分より強い魔物には敵うわけもなく、手持ちの水や食料を犠牲に、やっとのことで安全地帯《セーフポイント》に駆け込んだ。

ディランの目に、キラキラと穏やかに輝く魔物除《よ》けの晶石杭《しょうせきくい》が目に入る。安全地帯《セーフポイント》のそこかしこに乱立するそれは、冒険者《ダイバーズ》ギルドが冒険者《ダイバー》たちから核石《かくせき》を買い取り、業者に精錬を頼んで、こうして迷宮《ダンジョン》内に設置されるのだという。長く置いておくと劣化してしまうため、定期的に整備が必要だが、これがあるからこそ、冒険者《ダイバー》は安心して迷宮《ダンジョン》に潜れるのである。

いまのディランには、この安全地帯《セーフポイント》も牢獄となんら変わりない。これが外の脅威から冒険者《ダイバー》を守る柵《しがらみ》だというなら、牢屋の格子となんの変わりがあるのだろうか。

「……腹減ったなぁ」

節約のため、朝から何も口にしていない。だが、空腹ならばまだ耐えられる。腹が減っても、我慢すればいいのだ。農村の冬を思い起こせば、半日一日程度の絶食など屁でもない。だが問題は帰り道だ。道中で魔物と出くわさないとも限らない。少ない体力、空腹で十分に力の入らない身体、その状態で【大森林遺跡】まで逃げられるかと聞かれれば難しい。しかもこの階層はどこから魔物が出てくるのか察知するのが難しいため、どの場所でも出会い頭の遭遇戦と言うのがあり得るし、持ち物を手放した以上、次に魔物と遭遇すればまず助からないと言っていい。

いまいる安全地帯《セーフポイント》にも冒険者《ダイバー》がいるため、彼らに頼めばもしかすれば無事戻ることができるのかもしれないが――そうなればまずタダとはいくまい。金銭を請求されるか、代わりにいま持っている素材などを求められる可能性も否めない。手持ちがほとんどない以上、それだけは何としても避けたいが――

「命あっての物種か……」

ぐうう、と大きく腹が鳴る。ここは意を決して、声をかけるべきだろう。死んだら元も子もないのだ。森まで出たら、またそこで稼げばいい。

現在安全地帯《セーフポイント》にいる冒険者《ダイバー》たちは二十数人と、結構なもの。かなりの数だが、チームが二つと、自分と同じように単独潜行らしき人間が一人。

一つは、ベテランらしい雰囲気を持っているチームで、装備も高価そうなものを揃え、しっかりしており、総勢十八名。態度にも余裕が見て取れ、新米のディランにもかなり強そうなことが窺えた。だが、聞き耳を立てるに、どうやらこれから先に進むらしい。彼らに頼んでもほぼ断られることは確実だろう。

もう一つのチームは、先のチームよりも貧相な装備であり、レベルもそれほど高くなさそうな節がある。ただ先ほどからディランのことを窺っており、時折見下すような視線を浴びせてくる。低レベルの新人を嘲笑《わら》っているのか、それとも、こちらが声をかけたあと、何をいくら請求するかの算用をしているのか。このチームには絶対に声をかけたくはない。

そして最後は、単独潜行の冒険者《ダイバー》。これが少々不可解で、他の冒険者《ダイバー》とは違って異質な恰好をしている。防具らしい防具も着けず、大きな背嚢《はいのう》を背負っているだけの人間だ。ふとディランも、同じように背嚢を背負う人間をちらほら見かけたことを思い出すが――そう言った人間は必ずチームにくっついていたということも思い出した。

歳は同じくらいか、少し上かという程度。顔つきも荒事とは無縁そうな柔和なもので、虫も殺せなそうな雰囲気を表情の端々から醸し出している。

いまは何故か進退に窮しているディランよりも困ったような顔をして、チラチラと窺ったり、難しい顔をしてうーんうーんと唸《うな》ったりしている。

そして、何かしら自分の中で決着がついたのか、うんと一つ大きく頷いて、近寄ってきた。

「あー、その、お腹減ってる？　もしよかったら、何か分けてあげようか？」

そして、彼はそんな救いの声をかけてきたのだった。

§

——学校が終わったあとは、友達と遊ぶなどの予定がない限りはほぼほぼ毎日異世界に遊びに行く僕。……いや、別に友達が少ないわけじゃないよ。みんなそれぞれ予定があるだけで、ぼっちでも暇人でもない。いや、暇人だけどさ。

とまあ、この日もいつものように、リュックサックの中身を確認したあと、神様から教えてもらった転移の魔法を使って、中継地点である神様のいるところにワープした。

今日の転移先は、書斎のような部屋だった。大概は真っ白で何もない空間に飛ぶんだけど、今回みたいに中継地点が変わることはよくあったりする。

要するに場所じゃなくて、神様のいるところが中継地点なのだ。

僕の言う神様とは――もちろん紫父神《しふしん》アメイシスその人である。人じゃなく神だけど。

外見は立派な金のひげを生やしたおじさんだ。顔の彫りも深くて、なんていうか見た目洋画のロビンフッド的な印象を受けるくらい野性味がある。正面から見ると厳格そうにも見えなくもないけど、常に気だるげな表情をしているため、威厳は半減しているという残念っぷりが少し悲しいけど。

そんな神様。書斎にいても、ぐーたらとズボラぶりは健在らしくて、積みあがった本の上で横になって、本のページをパラパラとめくっていた。そんな姿を見てバランス感覚すごいなーとぼうっとした感想を抱くが、まずは挨拶だ。

「神様こんにちは、今日も行ってきます」

「あー、晶《アキラ》くん？　いつもご苦労様ー。気を付けてねー」

「はーい」

手をひらひらと振る神様に、手を振り返す。緩い。会話がゆるゆるだ。ほんと近所のおじさんとの挨拶にしか思えない。こっちは気を遣わなくて済むのがありがたいんだけどね。

すると、神様が、何かに気付いたように手に持っていた本を置いて、こっちを見る。

「あーそうそう、晶くん晶くん」

「どうしました？」

「最近さー。よく迷宮《ダンジョン》で遭難してる子、いるでしょ？」

「そうですね。なんか最近すごく増えましたよね」

「うん。夏を過ぎて肌寒くなってくると、日銭稼ぎの子が増えるんだよね」

「あー」

なるほど。収穫の秋にあぶれた人たちが、収入を求めてフリーダに来るのか。確かにフリーダは冒険者《ダイバーズ》ギルドがあるため、収入を得るのは手っ取り早い。最悪、着の身着のまま【森】に潜っても、上手くすれば素材を得て帰って来られるのだ。もちろん、相応に潜る技術がなければ、どうしようもないけれども。

「だからね。ちょっとでいいから助けてあげて欲しいんだ。あ、別に無理してまでじゃなくていいからね？　余裕があるときに、助けてあげても良さそうな子を、ちょこっと助けてあげてよ」

「はあ。それくらいならぜんぜん構いませんけど」

「うん。じゃ、よろしくー」

にこにこと人好きのするような笑顔を見せ、手をひらひらと振る神様。

毎度毎度緩いとは思うけど、もしかしたらこっちが委縮しないように、気を遣ってもらってるのかもしれないね。

そんなことを思いつつ感謝していると、突然神様は書斎の天井というか虚空に向かって何か語り掛ける。

「あ、ママ、ママー。耳かゆくなったから耳かきしてー。えー、ママにしてもらうのがいいのー。僕の奥さんでしょー？　ねー」

……………いや、やっぱりこの神様はデフォで緩いんだろう。とろけきった顔で、どこかしらにいる奥さんに連絡し、膝枕と耳掃除をねだっている。神様ののろけはもうホントお腹いっぱいなので、ここはさっさと退散しよう。

…………とまあ、神様とそんなやり取りがあった直後の、迷宮遭難者《これ》である。

遭難者は、僕と同じくらい……いや年下っぽい少年だ。ちょっと赤髪ジンジャー気味のオレンジの髪を短く切りそろえた、端整な顔立ち。サイズの合わない中古っぽい革製の胸当てを付けている。武器も鉈《なた》が一本という、お粗末な装備だ。おひとり様潜行《ダイブ》には必須と言えるカバンやリュックもなく、荷物はほぼ持っていないらしい。

「あれって、やっぱりかなり困ってるよね……」

腹の虫を鳴らして、時折もの欲しそうな目で他の冒険者《ダイバー》をチラ見している。

荷物を持っていないその状況から察するに、強い敵から逃げるうちに、持ち物を全部落としてきてしまったというところだろう。そして、動くに動けなくなったというわけだ。

辛い。見ているだけでこっちが辛くなってくる案件である。

(見たところ僕よりも年下そうだし、装備が貧弱ってことはまず間違いなく着の身着のまま食い扶持稼ぎに潜ってきたってヤツだよね……)

受付でもときどき耳にするんだけど、この世界では、こういうのは結構よくあることだそうだ。これまでいたコミュニティから口減らしという理由で追い出されて、日銭稼ぎにフリーダに来る。

そう言った人たちにお節介を焼き過ぎるとキリがないから、助けるのはやめた方がいいと受付ではよく言われるけど、神様にもお願いされたし、なにより年下を見捨てるのは心苦しさがハンパない。帰ったあとの罪悪感が僕のハートを締め付ける。かわいそうすぎて、すでになけなしの良心が騒ぎ出しているので、結局は声をかけることにした。

「あー、その、お腹減ってる？　もしよかったら、何か分けてあげようか？」

「えっ……？」

「ああ、見返りとかは請求しないよ。さすがに自分より年下からお金を巻き上げるとかはやりたくないから」

そう言って、遭難ボーイの隣に腰を下ろす。すると彼は驚きから立ち返るとともに、おずおずと言った様子で訊《たず》ねてきた。

「……あの、いいんですか？」

「手持ちには余裕あるし、まあね。どう？　お言葉に甘えちゃう？」

「よ、よろしくお願いします！」

バッグをゆすって見せると、遭難ボーイは土下座でもしそうな勢いで頭を下げた。それだけ切羽詰まっていたということだろうね。不安で不安で仕方なかったんだと思う。新天地で一人取り残される気分は、わからないでもないし。

そんな風に遭難ボーイとの話がまとまろうとした最中だった。

「おい」

「はい？」

突然、横合いから、半端にドスの利いた声がかかった。目を向けると、僕たちとは別に安全地帯《セーフポイント》で休憩していた二つのチームうちの一つ――そのリーダーらしき人間がいた。

頬は痩せこけて、不健康さ丸出し。まるでシーカー先生みたいなお疲れっぷりだなと思いつつ、他のお仲間さんを見ると彼ら彼女らも同じようにやたらと貧相な具合で、装備もあんまりよくない。というか【黄壁遺構《おうへきいこう》】の『蜥蜴皮《リザードスキン》』の方がいい装備してるよマジでってくらいボロい、かわいそう。痩せたハイエナとか蛇を思わせるなぁ。

そんな不健康さんは、返事をした僕を無視して、遭難ボーイに詰め寄る。

「お前、助けて欲しいんだろ？　俺たちが助けてやるよ」

「いえ、オレはこの人に声をかけられて……」

「そんなガキに何を頼るって言うんだよ？　俺たちなら出口までしっかりエスコートしてやるぜ？　格安でな」

「え、でも……」

「あぁ？　俺たちが助けてやるって言ってるだろうが！」

困っている遭難ボーイを怒鳴りつける不健康さん。僕に遅れての声掛けのうえにゴリ押し、果てはキレるとか、はっきり言って交渉下手とかそんなレベルじゃない。

そんなに自分たちが助けたいんならもうちょっと粘り強く甘い声を囁《ささや》いていればいいのに、すぐしびれを切らしちゃうとかマジへタクソというほかない。

というか、めんどくさい。ほんとめんどくさい。どうせ着いたら着いたで彼から法外なお助け料を請求するのだろうに。一億万円とかそんな頭悪そうなのだ。

だからついつい、口を滑らせてしまった。

「めんどくさい」

「あ？」

「あ！　いえ、なんでもないですよ？　めんどくさい人たちだなぁなんてこれっぽっちも思ってません。全然、全然」

「おま、バッチリ思ってんだろうが！」

「な……！　それがわかるなんてもしかして人の心が読めるとかエスパーな人類リアリィ

ですか……？」

「お前いましっかり口に出してただろうがぁあああああああ！」

不健康さんから、キレッキレのツッコミが入る。これなら冒険者《ダイバー》じゃなくて漫才師にでも転職すればいいのに。ため息出ちゃうよね。

「いるんだよね。こういうモンスじゃなくて冒険者《ダイバー》を獲物にしようとする人たちがさ。まあこういった人たちに限って、ろくでもなさに比例して弱いんだけど」

遭難ボーイに説明すると、不健康さんは青筋をぴくぴくさせて、持っていた剣の柄に手をかける。

「おい、お前、試してみるか？」

「いえ、遠慮します。僕ケンカとか嫌いなんで」

丁重にお断りの言葉を入れても、向こうはさっきの発言を聞いてやる気らしく、殺気を発している。このまま斬りかかってきそうだけど、僕も対処法はちゃんと用意している。

そう、ずっと魔術で雷属性のバリアーを張り続けていればいいのだ。そうすれば相手は不用意にバリアーに触れて感電するか、あきらめて帰って行くかのどちらかになる。ザ・引きこもり戦法だ。バリアーが抜かれるほどの使い手だったらどうするんだとか言われそうだけど、そんな強い人たちだったらまずこんなことはしないしね。そんな強い人たちは高レベルの階層にちょっと潜るだけで、カツアゲの数十倍稼げるのだ。まず作業的に非効率だし悪名爆上がりだしいいことなんて一つもない。

弱い人いたぶりたい系の強いサイコ連中とかの存在も否めないけど、そういうのは結構前に一掃されてるらしいので、いまはほとんどいないそうだ。

ビビリの僕も、今日はそんなに怖くなかったりする。その理由は、彼らがあまりに不健康そうだからだ。脅しかけられても、あまりに顔色が悪くて、先に「可哀そうだなぁ」と思ってしまうのだ。顔が怖くないっていうのは結構デカいね。この人たちあまり稼ぐことができなくて、睡眠も食事も十分とれていないんだろう。不憫なことこのうえないよ。考えるだけで、辛くなる。

でも、だからって言ってカツアゲはよくない。だから、ここは頑張りどころだろう。顔とか雰囲気さえ怖くなかったら、ビビリの僕でもなんとかなることを証明してやるのだ。根本的な解決には至っていないとか言うなし。

袖口に魔杖《マジックロッド》を滑らせる準備をしていると、ふいに、不健康カツアゲグループの背後から声がかけられた。僕にじゃなくて彼らに。

「おい」

「あ？　一体なんだ——」

連中が振り向いた方には、同じく安全地帯《セーフポイント》にいたベテランのチームの人たちが、超怖い顔をして立っていた。

「ここでやる気なら、まず俺たちが相手になるが？」

「な!?」

ベテランチーム、まさかご助力してくれるらしい。ありがたいなー、かっこいいなーと心の中で思いつついると、ベテランチームのリーダーさんが不健康さんに詰め寄った。

「どうする？」

「お、お前らには関係ないだろうが！」

「そうかもしれないが、見過ごすことはできないな」

「この、英雄気取りが――」

「いいからさっさと出て行け。じゃないと力ずくで追い出すぞ？」

「ぐっ……」

ベテランチーム、たぶんレベルは25～30強ある団体さんだ。絡んできた連中はおそらく高くても15くらいっぽいから、これはもう抵抗すらままならないだろうね。向こうは装備も攻略用のガチっぽいし。文字通り、軽く蹴散らされるだろう。

リーダーさんが凄みを利かせている一方、後ろに控えていた仲間の人たちがにこやかな様子で手を振ってくれている。どうやらとってもいい人たちらしい。遭難ボーイと一緒に頭を下げた。

……やがて、不健康なチームは安全地帯《セーフポイント》から逃げて行った。その背後に向かって、ベテランチームは「小人に手を出すなんて馬鹿か」とか「次やったら他のヤツらに声かけてフクロだな」とか言って毒づいている。というか小人って誰のことだし。

「ありがとうございます」

「いや、構わないさ。あと、帰り道に待ち伏せしているかもしれないから、気を付けろよ……って、君が気を付けなきゃいけないほどの奴らでもないか、ハハハ！」

ベテランチームのリーダーさんはそう言い残して、お仲間さんたちと共に安全地帯《セーフポイント》から出て行った。どうやら袖の中に魔杖《マジックロッド》を隠していたのを見抜いていたらしい。ベテランそうなのは伊達《だて》じゃないなぁ。

不健康チームが絡んできたのにもすぐに対応してきたし、もしかしたら僕が声をかけなかったら、自分たちがかけようとしていたのかもしれないね。冒険者《ダイバー》には悪い人もいれば、いい人もいっぱいいるのだ。優しい世界ほんと素晴らしい。

「いい人たちだったねー」

「はい……」

事なきを得たことで、遭難ボーイはほっとしている。これで、やっと一息つけるかな。

適当に腰を下ろして、取り急ぎお湯を沸かし始める。その一方で、サファリバッグから水入りのペットボトルを出した。

「はいこれ、お水ね」

「あ、ありがとうございます……えっと、これって」

「開け方ね。この蓋《ふた》を、こう、左にぐるぐるひねると開くから」

「どうも……」

　ペットボトルの蓋を開ける仕草を見せて、遭難ボーイに渡す。すると彼は綺麗な水を見て感嘆の声を漏らし、目をキラキラと輝かせ、やがて勢いよく飲み始める。そして息継ぎが終わると、一言「うまい……」と今度こそ安堵の息を吐き出した。お疲れ様でした。

　サファリバッグから今度はカップ麺を取り出し、フィルムを剥《は》がして準備を進めながら、遭難ボーイに自己紹介をする。

「僕は九藤晶。クドーが名字で、アキラが名前ね」

「あ……俺はディランって言います。ディラン・フロストです」

「ディランくんね」

　ディランでフロストとは、名前がやたらとカッコイイ。異世界だから、フロスト村のディランくんってことなんだろう。

　というか名前だけでも完全に主人公クラスじゃないのかこれ。

「ディランくんって、やっぱり迷宮《ダンジョン》には潜り始めたばっかかり？」

「はい。村から出たあと、どうにか稼ぐために、ここに来ました……」

「あー、やっぱそうなんだねー……」

ほぼ予想した通りの返答だった。口減らしで追い出されるとか、現代の日本人の僕からすれば、きっついことこの上ない身の上である。この歳のころで、一人でここまで来て、命を危険に晒《さら》して稼ぎ始めたのだ。そんなところは十分尊敬に値するし、自分は恵まれているんだなぁとしみじみ思う。

「でも、どうしてこんなところでお腹空かせてたのさ？」

「村で獣とかを狩ってたので、【森】で稼げるくらいのレベルはあったんですが、調子に乗って欲を出して……」

「ははあ、ちょっと下の方なら大丈夫かなと思っちゃったわけだ。それで思ってたよりも強いモンスターに出くわして、荷物を囮《おとり》にして何とかここまで逃げてきた、と」

「はい……」

「リアルオワタ式かぁ」

「りあ……おわ？」

「ああ、こっちの話だから気にしないで」

いやー、いまのディランくん、マジヤバい状態だった。お腹減ってただけじゃなくて、モンスに遭遇——というか攻撃されれば即終了だ。リアルじゃほんと洒落にならない。オワタ式はゲームでやるからいいのだ。リアルでやるのは精神削る。そりゃあもうゴリゴリに。

「師匠はあくま師匠はあくま師匠はあくま……」

「あ、あの……？」

「あ、ごめんごめん！　なんでもないから、あはは……」

気付くと、ディランくんから心配そうな目を向けられていた。僕は何かおかしなことを口走っていたらしい。あなたすごく疲れてるのよとか言われそうだ。いけないいけない。

そんなことを言っている間に、お湯が沸いたらしい。キャンプ用のステンのケトルがピーピーと鳴き声を上げていた。

カップ麺の口を半分開けて、お湯を注ぐ。

「あとちょっと待っててね。そしたらできるから」

「は、はあ……？」

案の定、ディランくんは困惑している。そりゃあそうだ。カップ麺なんてもの、異世界人の彼からしたら不思議の塊だろう。突然容器にお湯を注いでどうしたんだろうと思っているに違いない。

「あの、クドーさんは、お一人でここに？」

「あ、うん。僕、基本単独で潜ってるから」

「一人で大丈夫なんですか？」

「僕は魔法使いなんだよ。ほらこれ魔杖《マジックロッド》」

「それで……」

杖を見せてあげると、すぐ納得したみたい。魔法使いならなんとかなると思ったんだろうね。迷宮《ダンジョン》は一人で潜ること自体推奨されないため、魔法使いでも一人で潜るとやっぱり怒られたりするんだけど。

「そういえばディランくん、怪我《けが》とかはしてない？　出来上がるの待ってる間に治してあげるけど」

「いえ、大丈夫です。あっても擦り傷だけなんで」

「あー、じゃあ洗うくらいはしときなよ。破傷風になったらマズいから」

「はしょうふう？」

「傷はそのままにしとくと良くないの。洗えるときはちゃんと洗わないとダメね」

そう言いながら、２リットルのペットボトルをディメンジョンバッグから取り出す。

「これ使って土の付いたところとか、汚れたところを洗って」

「こ、こんな綺麗な水でですか!?」

「あ、心配しなくていいよ。これはミネラルウォーターじゃなくて水道水だから。ほら、早くやってやって」

そうは言っても、綺麗な水をそんな風に使うのには抵抗があるらしい。ディランくんは中身をあまり使わないように、ちょっとずつ、ちょっとずつやり始める。そんなんじゃダメなので、ペットボトルを貸してもらって、遠慮なくぶっかけた。

傷の処置が終わったあたりで、ディラン君がそわそわし始めた。カップ麺の容器から漂う匂いでやられたらしい。気になって気になって仕方がない様子。

三分経った頃を見計らって、蓋を剥がしてディラン君に勧める。

「どうぞ。熱いから気を付けて。あと、これフォークね」

「あ、え、う?」

ディラン君にフォークを渡したら、何故だか困惑し始めた。フォークとカップ麺の容器を交互に見て、どうすればいいのかわからず困惑している。普通に使えばいいんだけど、何してるんだろうか。

「あ、そういうこと」

ディランくんの戸惑いの理由がわかった。要はそのまま、フォークを使った食べ方がわからないのだ。この世界の農村ではまだ手づかみで食べるのが一般的というのを聞いたことがある。フォークなんて、見たことはあっても使ったことはないんだと思われ。

「ちょっと待ってね。このフォークで、こうして麺を絡めて食べるんだよ」

使い方を見せてあげると、ディランくんはぎこちない様子で麺を口まで運ぶ。そして、

「う、美味い!!」

「カップ麺は初めてだもんねー、そうなるよねー」

どうやら、カップ麺の味はお気に召したらしい。ディランくんはまだ熱いのにもかかわらず、麺を物凄い勢いで食べ進めていく。

味覚が洗練されていない小さなころは、カップ麺がすごく美味しいものに感じられた。もちろん、迷宮《ダンジョン》食材で舌が肥えてしまったいまでも、高いカップ麺はすごく美味い部類に入るのだけど。彼もそのクチだろう。これまで食べる物の種類の幅が狭く、限定されていたから、いろいろな旨《うま》みが含まれた食べ物に舌がびっくりしているのだ。こうなると人種的に口に合うかどうか以前の問題になるため、なんでもおいしく感じるのだ。

ディランくんはものすごい勢いで食べている最中、ふと何かに気付いたような素振りを見せ、おずおずと訊ねてくる。

「あ、あの……こんなめちゃくちゃ美味い物もらってもよかったんですか？」

「ん？　ああ、気にしなくていいって。あげていいものじゃなかったら、出さないでしょフツー」

「はい……」

というかカップ麺でこんなに感動されると、逆になんか申し訳ない気がしてくる。

やがて、スープまで飲み干したディランくんが、改めてお礼を口にする。

「ありがとうございます。なんてお礼を言ったらいいか……」

「気にしないでよ。僕も、助けられる人は無理しない範囲で助けてあげてって言われてるからさ」

　神様からね。

「えっと、その、これを」

　ディランくんはそう言って、懐に忍ばせておいた素材を差し出してくる。食料は捨てても死守したものなのだろう。要は、お礼ってことだ。

「要らないって」

「でも」

「こう言うのは嫌みかもしれないけど、僕のレベルになればそのくらいのものはすぐ手に入れられるから。それに、僕があげたものがそれと釣り合うと思う?」

「いえ……」

「でしょ?　だから僕の厚意は遠慮せず受け取っといてよ」

　と言っても、ミネラルウォーターも含めて総額二百数十円の厚意だ。安上がり過ぎてほんとごめんなさいですハイ。ほんと安すぎて釣り合ってないよ。

　一応落ち着いたので、そろそろ先輩らしきこともしなくてはならない。スクレールのときもそうだけど、助けてハイお終《しま》いっていうのは、やっぱりここでは無責任なのだ。

　僕が襟を正したのを見て、ディランくんも何かを感じ取ったらしく、面持ちが固くなる。

「ディランくん、こういうのは一人で潜る僕が言えたような義理じゃないけど、一人で潜るのはよくないと思うよ？　潜り始めて日が浅いなら、どこかのチームに入れてもらうとか、ガイドを雇うとかした方がいいと思うんだ」

「そういうの、勝手がわからなくて、担当受付の人からも下手なチームに声をかけると面倒だって……それなら、一人で潜ろうかなと」

「あー、なるほどそれで」

初心者冒険者《ダイバー》が、どこかのチームに入るというのは、少々面倒くさい。ネトゲみたいにちょっと挨拶して入れてもらうっていうのができないから、難しいのだ。同じ新人仲間を見つけるのにも、うまいこと他に新人がいるわけでもないし、年齢差だって関係するから探すのにも苦労する。かといってすでに活動を始めているチームとなると、レベルに開きが出てくるから、新人を育てる余裕がないところはお断りされてしまうしね。

その上で人間関係がかかわってくるから大変だ。冒険者《ダイバー》も、さっきのベテランチームみたいにいい人ばかりじゃない。ときには騙《だま》されてお金取られるなんてのもあるらしい。

僕がきたばかりのときはライオン丸先輩にお世話をしてもらって、その伝手で迷宮《ダンジョン》ガイドのシーカー先生を紹介してもらったから、その辺、超ラッキーだったんだけどね。

「一人でも【森】くらい歩ければそこそこは稼げるって聞いたんで、せめて装備くらいは揃えてからって思いまして」

確かに、多少なりとも見栄え良くすれば、入れてもらえる可能性はある。新人発掘に力を入れているチームからスカウトされるってのはよく聞くしね。僕はほぼほぼ声なんてかけられないけどさ。

……でも、【森】くらい歩ければ、かぁ。

「うーんとね、あまりこういうの聞くのはよくないことだけど、ディランくんのレベルっていくつ？」

「一応、7はあります」

「【森】なら適正ってくらいかぁ。それならそっちで頑張ればすぐに恰好くらいは整えられるね。ここで稼ぐのは厳しいだろうけど」

いま僕たちのいる【霧浮く丘陵】、【森】も行けたから次も大丈夫だろーとか言って踏み込んだらとんでもない目に遭ったというのは、よくあることらしいし、僕も潜り初めの頃は気を付けろと、アシュレイさんやシーカー先生に口を酸っぱくして言われた。

……頑張れば恰好は整えられるって言ったけど、でもやっぱり一緒に潜る仲間は必要だと思う。ディランくんは僕みたいに魔術が使えるわけじゃないし、ポーションのストックもない。ふとしたことで呆気なく……っていうのはあり得るというか高確率いや倍率ドン。だけど、やっぱり見知らぬ土地で知り合いを作るのも難しいと思う。

見ると、ディランくんはちょっとふさぎ込んだ様子になっている。この様子だと、フリーダに来たのは間違いだったのかと思ってるのかもしれない。

……やっぱり力になってあげるべきなんだろうか。

「あ、あのさ、ときどきなら一緒に潜ってもいいよ？」

「いいんですか？」

「まあ袖すり合うもなんちゃらって言うしさ」

少しくらいなら、手伝ってもバチは当たるまい。というか神様のお願いで助けたのだ。むしろバチが当たったら断固抗議するよ僕は。

「僕の都合上、潜るのは午後夕方になるけどね。それでもいいなら、いいけど」

「大丈夫です！　よろしくお願いします！」

ディランくんはさっきみたいに思い切り頭を下げた。

「じゃあそろそろ迷宮《ダンジョン》から出ちゃおうか」

「もしかして送ってくれるんですか？　でも……」

「ここまで関わってハイ終わりって言うのも、あれでしょ。最後まで面倒見るよ。どうせ僕も今日は帰りだし」

出られないのだから、もちろん送ってかなきゃならない。

僕が帰りかどうかについては、大嘘なんだけどもね。

そんなこんなで帰り際。現在、【大森林遺跡】――通称【森】で稼ぎ中だ。稼ぎって言っても僕の取り分じゃなくて、ディランくんのだけどね。ある程度は金銭的に余裕を持たせてあげた方がいいと思ったわけだ。だいたい二、三日過ごせる程度と、あと装備も整えられるくらいの金銭があれば、多少は余裕が出るだろう。僕も最初はいろいろ面倒見てもらったし。還元ってヤツだ。

というわけで、一通りの薬草摘《くさむし》りを終えた僕たちは、モンスターの素材を求め、ここ【大森林遺跡】のモンスターがよく出現するルートに来ている。

それで、いま相手をしているのは【大森林遺跡】の金ヅルモンス『一角鹿《モノケロスディア》』だ。こやつめの姿は、ちょっと大きめの黒っぽい牝鹿の額辺りに螺旋《らせん》状の大きな角が一本生えている、といった感じである。こいつは俗に言う低レベル階層、【大森林遺跡】【霧浮く丘陵】【灰色《はいいろ》の無限城《むげんじょう》】の中では比較的弱くて、角が結構なお金になるので、金ヅルモンスの称号を得ている。

それもそのはず、角の用途は加工品から武器、防具の装飾まで多岐にわたり重宝されるし、一方『一角鹿《モノケロスディア》』の方も攻撃手段が『角を突き刺す突進攻撃』しかないので、木とか藪《やぶ》に引っ掛かってしまえば、その隙に攻撃し放題。リアルずっとオレのターンができるのだ。そのくせ気性が荒く狂暴だから、なんにでも攻撃を仕掛けるとかいう害獣さん。ほんとIQ低くて可哀想。

以前見たときは、手出ししなければ人畜無害だという『歩行者ウサギ《ウォーカーラビット》（黒色）』に突撃を仕掛けて、返り討ちにされていた。攻撃力みそっかすの普通の『歩行者ウサギ《ウォーカーラビット》』が葉っぱ食べながら片手でシバけるくらいなのだ。食事中に構えば犬だって噛みつくってやつだ。

とまあザコ代表に負けるんだけど、こいつと戦って怪我する人もいるからザコとも言えないのがモヤモヤするところだろうか。

ディランくんも、村で害獣退治していたのは伊達ではないらしく、楽々とまではいかないけれど、問題なく倒せている。太そうな木を背後にして、『一角鹿《モノケロスディア》』を待ち構え、突進を折よく回避して、角が突き刺さったのを見計らって首に鉈をガシガシ数回打ち込む。それでお終いだ。

「『一角鹿《モノケロスディア》』なら問題ないみたいだね」

「一対一ですから。それにクドーさんもいますし」

「それもそっか」

他にいた『一角鹿《モノケロスディア》』は、僕の魔法でけん制して、なるたけ一対一になるようにしている。いくらザコモンスでも、さすがに多数に囲まれたらヤバいからね。

でも、やってあげてるばっかりってのは、彼にも僕にもよろしくないかな。

「あ！　そうだ。ちょっと最近作った汎用魔法を試してもいい？」

「魔法、ですか？」

「そうそう――いくよ、連撃《れんげき》エクストラダブル！」

そう叫んで、僕がかけた魔法は――僕の作り出したオリジナルのものだ。

連撃――これは二回攻撃ができる魔法と言えばわかりやすいかもしれない。通常、攻撃とは、剣を振る、拳で殴る、脚で蹴るなど、なんであれ一回とカウントされるだろう。だがその一回中にもう一撃、つまり追加で別の攻撃を加えることができれば、とRPG的な思考で考え付いたのがこれ。

ディランくんがぽわぽわっとした不思議な光に包まれる。でも強化系の汎用魔法をかけられたわけじゃないから、効果は実感できないだろうね。その証拠か、困惑した表情を浮かべている。

「えっと……」

「ディランくん！　君は少しの間二回攻撃ができるようになった！　以上！」

「は……？　に、にかいこうげき、ですか？」

「まあちょっとアレに斬りかかってみてよ。今度は木とか利用せずにさ」

「はあ……」

ディランくんは戸惑い気味に『一角鹿《モノケロスディア》』との間合いを詰める。普通は向こうの突進を見極めてから近付くっていうのがセオリーだから、ちょっと倒しにくいかもしれないけど、まあ何とかなるでしょ。ディランくんが狙いを付けた『一角鹿《モノケロスディア》』が目を三角にして「こっちくんな！」的に暴れはじめる。首をぶんぶん振って、長い角をめちゃくちゃに振り回しているので危ない。レベルが1～3程度だったら、突発的な攻撃をかわすのも大変だろうけど、ディランくんは7もあるから、攻撃の急な変調にも対応できるだろう。かわすだけなら余裕だし、『一角鹿《モノケロスディア》』の周りを素早くくるくると回っていればいい。

ディランくんも倒し方のセオリーはちゃんと知っているらしく、やはりモンスの周りをくるくると回り始めた。『一角鹿《モノケロスディア》』は四足歩行、しかも小回りの利かないタイプであるため、すぐに対応が追いつかなくなる。ディランくんはその隙を狙って、鉈で斬りかかった。慣れていれば角を掴んで動きを封じるって人もいるけど、ディランくんレベルの腕力だと難しいかな。

ディランくんが、『一角鹿《モノケロスディア》』の首筋に一発入れる。だけど、一発こっきりじゃ倒れない。『一角鹿《モノケロスディア》』は首筋から血を流しながらも体勢を立て直して、今度は後ろ蹴りをしようとするけど、直後、不思議なことが起こる。

ディランくんの動きが唐突に加速したのだ。いままでの動きからは想像もつかないくらいだ。まるで彼の動きだけ早送りでもしたかのよう。

そんな状態で打ち出す二発目が上手く決まって、『一角鹿《モノケロスディア》』は倒れた。一方のディランくんは、倒したあと、困惑したように鉈やモンスターを交互に見る。

「……え？　え？」

自分でも、何が起こったのか把握できていないのだろうね。

「それが二回攻撃！　敵に対して一方的に追撃を与えられるようになる汎用魔法。もちろん敵に一度防御されても、もう一撃は絶対に防御や回避もされないというおまけ付き！　そう、敵も同じ力を持たない限りはね！」

そんなゲームに出てくるような壊れモンスターはたぶんいるわけないので、相手の防御力を抜ける力さえあれば、これをかければ確実に倒すことができるという超チート魔法である。もちろん消費する魔力は相応なんだけど。

汎用魔法の加護を初めて受けたからか、ディランくんは興奮し始める。

「すごい……クドーさん、すごいです！」

「わはは、もっと褒めて」

いつも師匠にボロクソ言われるので、ちょっと調子に乗りたい。精神衛生。精神衛生。

そんな感じで、僕とディランくんは『一角鹿《モノケロスディア》』をいい感じで狩りまくって、ホクホクな状態で正面大ホールに戻ったのだった。

……話はもうちょっとだけ続くんじゃ。

「とうちゃーく！」

【森】での稼ぎも終わり、僕とディランくんは無事に正面大ホールに到着した。

無事もなにも【霧浮く丘陵】からだから、よほど不幸な事故がない限りズタボロになるということはないのだけれど。

大ホールに戻った冒険者《ダイバー》は、このあと汚れを落としに洗い場に行くのが普通だ。血や泥の汚れをある程度落としておかないと、正面大ホールがエライことになるし、衛生的にもよろしくない。何より受付嬢に嫌がられるから必須である。

僕は今回全然汚れてないから大丈夫だけど、ディランくんはほうほうの体《てい》で逃げてたみたいだから、そこそこ汚れている。まずは洗い場に向かおうと思っていると、ふいに後ろから、どん、っと尻餅をついたような音が聞こえてきた。

振り返ると、ディランくんが救われたような顔をして、その場にへたり込んでいた。

「オレ、い、生きてる……」

緊張の糸が切れて、せき止めていたものがどっと溢れてきたのだろう。冬場でもないのに、手がひどく震えている。

こういったのも、ここガンダキア迷宮では、よくあることだ。初めて迷宮《ダンジョン》に潜って生きて帰ってきて、いまある生を実感する。新人さんだけじゃなくて、深度階層から戻って来たベテランでもこういったことがあるのだ。近場にいる冒険者《ダイバー》さんたちも、温かい視線を送っている。

やがて、ディランくんは多少なりとも落ち着いたらしく。

「あ、ありがとうございます！　オレ、もう本当にダメかと思って……」

「今回は運が良かったってことだね。今度から気を付けよう」

「はい……」

……今日の冒険は収穫ゼロだったけど、まあこんな日があってもいいよね。

第31階層　カーバンクルくんと一緒に迷宮へ

——秘密の第5ルートがある。

僕はそんな未確認階層の噂《うわさ》を聞いて、異世界にあるガンダキア迷宮の奥地へと向かった。

……まあ当然っちゃあ当然だけど、病気になったりとか怪我《けが》をしたりとか、未接触の少数部族とかに会ったりとかはしないいし、当たり前だけど丸い大岩は転がって来なかった。

ここはある程度の実績を持たないと開放されないと言われているルートで、初心者たちには隠されているけど、いわゆる公然の秘密っていうものらしい。一応僕も秘密のルートがあるらしいっていう話は知ってたけど、こうして受付でアシュレイさんから冊子を貰わなきゃ階層の名前さえわからないままだっただろう。

「実はまだあるのよ」

「マジですか。情報小出しにしていくやり方なんですね」

「そうそう。次は第8ルートよ。頑張ってね。あとお土産よろしく」

「数字飛んでる飛んでる。6とか7とか一体どこいったし」

僕はランク低いけど、迷宮潜行《ダンジョンダイブ》の実績とかその他もろもろに加えて、アシュレイさんのごり押しで行けるようにしてもらえた。
この前も師匠と【楽土《らくど》の温泉郷《おんせんきょう》】なる階層に行ったけど、ガンダキア迷宮には僕の知らない階層なんて結構いっぱいあるらしい。
でも、ここは前回行った温泉郷とは違って、よく冒険者《ダイバー》を見かけたり、すれ違ったりする。正面ホールではちょくちょく見かけるけど、冒険に出てもあんまり姿を見かけない人たちの一部は、きっとこういった秘密の階層に来ているのだろうと思われ。もちろんこんなとこに来れるのは、実績のある人たちばっかりだろうけどね。
――迷宮深度13【七色珊瑚《なないろさんご》の海辺《うみべ》】
――迷宮深度22【雪降《ゆきふ》る密林《みつりん》】
――迷宮深度28【大《おお》きのこの故郷《ふるさと》】
――迷宮深度32【常雨《とこう》の艶湿地《あでしっち》】
――迷宮深度43【峻厳《しゅんげん》たる妖峰《ようほう》】
全体的に難度が高い傾向にあるけど、正味第4ルートより過酷じゃない……と思われ。攻略が難しいからというよりは、植生を保護してるとか乱獲防止とかそんな観点で冒険者《ダイバー》の潜行《ダイブ》を制限しているようだ。
【大森林遺跡《だいしんりんいせき》】の数ある安全地帯《セーフポイント》の一つに向かうと、秘密の『霧の境界』があって、ちゃんと守衛さんが駐留していたことには結構驚いた。それだけ厳重に制限しているということなのだろうね。その守衛さんにも「このルートの存在を知らない冒険者《ダイバー》には言わないこと」と念を押されたほどだ。噂程度には情報漏れてるんだけど、その辺りは大丈夫なんだろうかとかは思った。まあ僕には関係ないけどね。

で、僕はいま、そこの階層の一つである迷宮深度28【大きのこの故郷】の安全地帯《セーフポイント》にいる。どこぞのきのこ派たけのこ派の両方にどでかいケンカを売っているような気がしないでもない名前だけど、そんな争い異世界側が知る由もない。僕が持ち込まない限りいまだ四十年以上続いているあの戦争は起きないから安心して欲しい。

今日のお供は誰あろうカーバンクルくんだ。

いまは僕の隣に敷いた座布団の上に大人しく座っている。これからおやつタイムだ。

「まずは手を拭こうね」

「みゅ」

カーバンクルくんは前足を差し出してくれる。僕はそれをおしぼりでふきふき。

そして、この日の冒険でゲットしたバナナを取り出した。しかもこれ、ただのバナナではない。形や大きさはそのままなれど、まるで凍り付いたような、空色をした皮を持つ。なんとも食欲をそそられない色みをしたこれは、『北國《ほっこく》バナナ』と呼ばれる代物だ。バナナの生息する条件が揃ったバナナベルトに正面からケンカを売るこれは、ひと階層前の迷宮深度22【雪降る密林】で入手することができる。

中からは僕たちが知っている至って普通のタイプのバナナが出てくる。もしこれで前衛絵画的なカラーバリエーションを持った果実が飛び出して来ようものなら、食欲減退は免れない。むしろ皮が空色な時点でアレだけどさ。

受付で手渡された冊子に食用と書かれていなければ決して手に取らなかっただろうね。

ちなみにバナナって分類は野菜だ。果実ではなく果菜というらしい。メロンとかスイカとかイチゴとかも、全部果実でいいと思うのに。わかりにくい限りである。

「はいこれ」

「ミュー」

僕はバナナの三分の一ほどを割って、皮を剥《む》き剥き。片方をカーバンクルくんに手渡す。

カーバンクルくんもそれを器用に前足で受け取ると、バナナをパクパク。僕もバナナを食べる。

「……うまい。この色の皮からは想像もつかないほどのおいしさだ」

「みゅー！」

カーバンクルくんの声も明るい。いやだってこれ、甘くておいしいもの。寒いところにあると糖度が増すってよく聞くけど、完全にそれだ。あっちの世界の品種改良されたバナナに普通にタメ張ったうえ、それを上回るおいしさが口の中で爆発する。よく食べられているものと同じで種もないし、やっぱ異世界ってすごいわ。絶対おかしい。

「バナナうめー」

「みゅー」

カーバンクルくんも、北國バナナをもくもくと食べている。猫は甘みを感知する受容体がないって話だけど、カーバンクルくんにはあるみたいだね。ウサギなのかな？

一人と一匹でまったり北國バナナをご賞味していると、安全地帯《セーフポイント》の入り口に人影が見えた。

十中八九、この階層を訪れた冒険者《ダイバー》だろう。人影っていう時点でそれしかないけど。え？　【街】？　【街】はやだよ。あそこのモンスというかお化けたちは安全地帯《セーフポイント》ギリギリまで近づいてくるから、本当に心臓に悪い。お化けを見るのはテレビ番組やユアチューブだけで十分なのだ。リアルのなんて決して見たくない。

ともあれ、冒険者《ダイバー》のチームが安全地帯《セーフポイント》に入ってくる。

現れたのは、人間種族だけで構成された六人組のチームだった。剣士とか魔法使いとか弓使いとか武闘家とか戦士とか、いろいろバランスよく揃っていて、一見して安定感があるように思える。しかもそのうえイケメンや美女が揃っていて、一般ピーポーの僕にはやたらと眩《まぶ》しい限りだ。目が潰れそう。

「……君、なんで目を押さえているのかな？　なにか怪我でもした？」

「いえ、これは予防というか、目が光というか輝きに慣れるまでの一時的な措置といいますか。いわゆる、わしには強すぎる的なポムって名前のおじいさんのアレというか」

「？・？・？・」

リーダーらしき青年は僕の冗談というか奇行を目の当たりにして、困惑しているようだ。いやね、マジに受け取られるとネタにもならないからやめよう？　まあ突然こんなことやったら奇異の目で見られるのは誰の目から見ても明らかなんだろうけど。

そろそろ目の方も大丈夫かなと考えた僕は、手を離す。うん。やっぱり眩しいや。キラキラしてる。この人たち、僕とは生きてる世界が違うのかもね。いやそうなるとスクレとかエルとか師匠とか、あとミゲルとかも別世界の人間になるけどさ。いやみんな別世界の人たちだったわ。僕は結構混乱してる。

どうも武闘家っぽい人と剣士っぽい少年が怪我をしているらしい。いま僕に声を掛けてきたイケメンさんの後ろの方で、仲間の魔法使いに回復魔法をかけてもらっている。

さてさて何にやられたのかな。この付近に出てくるモンスターは『擲弾栗鼠《ドングリス》』『爆弾カメムシ《スティンクボム》』『殺人蟷螂剣《インセクトマーダー》』だ。何故きのこを謳った階層なのに、菌類モンスはいないのかは甚だ疑問ではあるのだけど、ここにはこんなヤベー名前の奴らが出てくる。特に『爆弾カメムシ《スティンクボム》』とかストレートにヤバい。大量発生したらシャレにならないことになる。ま、怪我を見るに十中八九『殺人蟷螂剣《インセクトマーダー》』だと思われるけどね。ここはまだ緩い程度の階層なのにもかかわらず、こいつビックリするくらいに戦闘力高くて、久しぶりにダッシュでマジ逃げした。虫だけどかっこいい。ライダーかお前は的なやつ。リボルケインみたいな技はマジやめて欲しい。見得を切られたら爆死しそうだもの。

リーダーらしき青年がにこやかに話しかけてくる。

「初めまして、僕はチーム『極光《きょくこう》』のリーダー、アレックスだ」

「あ、ご丁寧にどうも。冒険者《ダイバー》やってますクドー・アキラと申します」

僕も挨拶を返す。挨拶は大事というよりも絶対の礼儀だそうだ。ニンジャを殺す者的にね。

すると、彼は探るように周囲を見回した。

周りには晶石杭《しょうせきくい》とやべー色味のきのこしかないけど、何か気になるものではあったのだろうか。

「あれ？　もしかして君って一人？」

「そうです。正確には一人と一匹ですけどね」

「ミユミユ」

カーバンクルくんは自分の存在をアピールするように手を挙げる。

すると、さっきまで回復魔法を使っていた魔法使いの女性が、カーバンクルくんの前でしゃがんだ。

「この子、最近よく受付で見かける動物ね」

「そうですね。可愛くてみんなから人気ですよね」

魔法使いの女性に同意したのは、隣にいた弓使いの女の子だ。

彼女がカーバンクルくんの頭を撫でる。

すると、カーバンクル君が二本足で立ち上がった。器用だ……と言うか、カーバンクルくんは不思議骨格をしてるから、結構動作のバリエーションが多い。さすが異世界不思議小動物なだけある。

「みゅ」

短い前足を広げるように上げた。

「うわぁ、かわいい……」

「みゅー」

女性陣はカーバンクルくんに夢中だ。でも魔法使いさんの指は吸いに行かない。何故なのか。どうして僕だけなのか。そもそもなんでバンザイみたいなポーズをとったのか。相変わらずこの子も謎めいている。

怪我をしていた二人も落ち着いたのか、こっちに来た。

「しかし、こんなところに一人で来るとはな」

「ここも結構な深度だぜ……？　どうやってそんな装備で来れたんだよ……」

「見た感じ消耗もしてないっすね。途中にはあんなのがいたのに」

戦士っぽい人や武闘家、剣士の少年との会話だ。

「やっぱりさっきの怪我、『殺人蟷螂剣《インセクトマーダー》』ですか？」

「ああ。レベルを上げるには、強敵とも戦わないといけないからね」

「あんな怪我をしたのはゼールが勝手に突っ走ったからよ。いくら剣士っぽいからって一人で戦おうとするなんて」

「いや、イケると思ったんだよ！」

「どこにイケる要素があったんだよ……おかげでこっちまで食らっただろうが」

どうやら武闘家さんの怪我は、剣士の少年を庇ったからできたものらしい。

ともあれ、彼らには見覚えがあった。この前ランキング表の前でトラブったときに出会ったキラキラしてるチームだ。確か王国の有望な若者を集めたとかなんとかってチームで、ミゲルに対抗意識を燃やしていた。

どうやら彼ら、僕のことは覚えていないらしい。まあ僕のことは荷運び役《ポーター》さんだと思ってたみたいだから無理もないけどね。荷運び役《ポーター》さん、迷宮《ダンジョン》ではマジで重要なんだけど、結構数がいるし、基本的に雇われ荷運び役《ポーター》ってのが多いからその他大勢扱い、おそらく海馬にも残ってなくて大脳皮質にも貯蔵されていないのかもしれない。この辺りはモブのかなしみである。

なんとなく間をつなぐため、世間話を切り出した。

「みなさんはここ、よく潜られるんですか？」

「二週間ぐらい前に入れるようになって、最近はここばかりかな」

「へえー」

すごい。この人たち、登録は僕よりあとだったはずだけど、もう潜行許可《ダイブ》が下りたのか。結構な勢いでランキングを駆け上がってる有望株って話だったけど、そう言われるのも頷ける。

確か今年注目されてるチームの一つなんだっけ。すごいね。僕はランキング上位とか今月のおすすめとかそんな評価一生無縁だから、その辺ちょっぴりうらやましいと思う。

イケメンチームの人たちは、安全地帯《セーフポイント》の床に腰を下ろす。思いのほか疲労があるらしく、腰もお尻も重そうだ。一度床に下ろしたら、しばらくは持ち上げられそうにないほど重量感がある気がするよ。服もそこそこ汚れているということは、ちょっと険しいところに入ったか、もしくはあまり探索が得意な人たちではなかったかってところだろう。

なんか探索っていうよりも強い敵と戦うための構成に見えるしね、この人たち。その辺は向き不向きだからしょうがないかもだけどさ。

メンバーは、さっき僕に話しかけてきたリーダーらしき青年――中性的な顔立ちをした綺麗で爽やかなお兄さんを筆頭に、やんちゃそうな剣士の少年。結構気が強そうな魔法使いの女性。大人しくておっとりとした弓使いの女性。ちょっとシブさがまじり始めてきてた傭兵のお兄さん。気苦労してそうな武闘家っぽい丸刈りのザ・アニキで構成された六人組のチームである。見た目のかっこよさだけならランキング上位に来るよ。マジで。

「君は？　一人で来てるってことは、ここにはそれなりに来てるんだと思うけど」

「あ、僕ですか？　僕は今日初めてここに来ましたけど？」

「はじ……初めてでこんなところまで来たの!?　一人で!?」

「ええ」

僕が頷くと、みんな驚いて顔を見合わせる。なんていうかお化けとか妖怪とか、非常識な存在を目にしたときのような驚き具合だ。そこまで驚かれること……ではあるのか。

いやでも、ここに入れるのはそれなりに潜行実績を立てた冒険者《ダイバー》だけだから、そんな変なことでもないはずだ。受付嬢に認められるくらいの実力があるなら、ソロでだって逃げとかアイテムとか駆使すれば十分潜行《ダイブ》できる範囲内のはず。

「ここに来るには『殺人蟷螂剣《インセクトマーダー》』の縄張りを通るはずだけど……」

「正面からまともにやっても（簡単には）勝てなそうなので逃げてきました」

「まあ、それが賢明だろうな」

「というか、まず【雪降る密林】に『突然雪だるま《スノーマンゲリラ》』がいただろ？　あれはどうした？」

「あれですか？　適当にお湯をかけて対処しました。そんな強くなかったです」

「は？　はぁっ!?」

手前の階層に現れるモンス『突然雪だるま《スノーマンゲリラ》』。見た目はマジ雪だるまそのまんまで、僕が知っているものとの違いは西洋風っぽく三段重ねってところくらいかな。ガイドブックには複数体の雪だるまが突然雪の中から現れることからその名前が付いた……ということが書かれていたけど、結構わかりやすかった。枝っぽい腕とかバケツもどきの頭とか、ニンジンみたいな鼻とか雪面から出てたし。思わず「かくれんぼ下手くそかお前ら」って言ってしまったくらいだ。昔あった、家族で家の中に隠れて芸能人に探させる番組全部見てから出直してこい。

とまあそんなわけで、『突然雪だるま《スノーマンゲリラ》』には虚空ディメンジョンバッグにちょくちょく溜めておいたお風呂の残り湯をかけて対処した。残り湯って温度は低いんだけど、逆に凍り付いて動けなくなって残念無念さようならだった。あれの相手をするのは赤の魔法使いよりも青の魔法使いの方が楽だろう。離れてった奴は通電させて終わりだ。僕の有利は揺るがなかった。

「いや、それにしたってよ……ここも結構な深度あるぜ？」

「え？　全然大丈夫ですよ。ここなんて【屎泥《しでい》の沼田場《ぬたば》】とか【内臓洞窟《ないぞうどうくつ》】とかそのあとのヤベーモンスの巣窟に比べればよゆーよゆー……は、はは、あはははは」

ダメだ。思い出そうとすると、頭がうまく働かなくなる。きっといまの僕の目からは、ハイライトが消え失せていることだろう。やっぱりライオン丸先輩も鬼畜認定するべきだろうか。第二のあくま降臨だろうか。僕の苦難はまだまだ続きそうである。ぐえ。

「…………」

「…………」

チーム『極光』の人たちは、なんか言葉を失っていた。そうだよね。ライオン丸先輩とか【内臓洞窟】とかヤバいよね。あんなところ二度と行きたくないよ。SAN値が削れて今度こそ狂気を発症して失踪者の仲間入りを果たしそうだもの。あとでドッグタグみたいに、証明書《スコアカード》だけ回収されるんだ。僕知ってるぞ。

場の空気がそれ以上触れてはいけない感じになったあと、僕は誤魔化すように別の話題を切り出す。

「でも、みなさんお強いんですね。『殺人蟷螂剣《インセクトマーダー》』を倒してくるなんて」

「僕たちは王国で集められた精鋭だからね。あれくらい倒せないと」

イケメンのリーダーさんが自信たっぷりにそう言うと、剣士の少年がそっぽを向いた。

「へーへー、どうせ俺は」

「拗《す》ねるなよ。だからガキだって言われるんだぞ？」

「うるせーよ」

なんか後ろで勝手にケンカし始めたけど、まあただのじゃれ合いっぽいね。みんな仲は悪くなさそう。

「とどめはどなたが？」

「あたしよ。なにせ第三位格級を使えるんだからね」

魔法使いの女性が自慢げに胸を張った。なんていうかこの人プライド高そうね。

ちなみにここではまったく関係ない話だけど、やはりスクレは特別な強者なんだなと再確認した。本当に関係のない話だ。

「へー」

「な、なんか反応が薄いんだけど……あなた第三位格級の魔法見たことある？」

「え？　ありますよ？　だって第三位格級くらいなら他に使える人何人も知ってますし。リッキーとか第四位格級使えるとか言ってたし、あとはミゲルのところのトリスさんとか、ユルい集《つど》いのラーダさんとか、あと『果てなき輝き』のエリーナさんもそうだし……」

これまで出会った魔法使いの人たちを指折り指折り数えていく。

僕が挙げた魔法使いさんたちのことは、この人たちも知っているらしくて、ちょっと驚いたような表情を見せる。みんな結構有名な人たちばかりだからかな。

あとはこの前【常夜《とこよ》の草原《そうげん》】で会った『秘水《ひすい》の加護』の双子ちゃん、『ぶらすとふぁいやー』の面々とかもそうだ。うん。いっぱいいるね。あとは冒険者《ダイバー》じゃないけどメイちゃんも使えたはずだ。つなぎ役の子と言えばみんなわかるだろう。あの子だ。

でも第三位格級は自慢できるレベルなんだね。師匠なんか「そんなの使える程度で自慢してたら強くなれないぞ。クソ雑魚のクセに調子に乗るな」って言ってくるし、というか言われたし。ほんとこの世界に褒めて伸ばしてくれる人はいないらしい。僕のかなしみはマリアナ海溝よりも深いよ。きっと誰もサルベージしてくれないいんだろうね。

ふと、カーバンクルくんとたわむれていた弓使いの女の子が顔を上げた。

「有名なベテラン冒険者《ダイバー》や魔法学園の首席卒と次席卒ですね」

「う……た、確かにその辺なら使えるのかもしれないわね」

「それはそうですよ。なにせみなさん高深度階層に潜るような方ばかりですから」

ふーん。魔法学園の話が出たけど、やっぱリッキーやトリスさんは有名なんだね。

武闘家のアニキさんが、魔法使いの女性に訊《たず》ねる。

「お前のときは何番だったんだ？」

「卒業年が違うんだから比べたってどうしようもないでしょ！」

「で？」

「……十番以内には入ってたわ」

「で？　実際魔法はどのくらいの位格まで使えるんだ？　第四位格は使えるのか？」

「そそそそ、それくらい全然使えるわよ！　たぶん！　きっと！」

なんかどっかで聞いたことある言い回しだ。というかこの様子だと、実際試したことなさそう。なんか魔法使いの人ってプライド高い人多いよね。

魔法使いの女性は武闘家のアニキさんにおちょくられて、悔しそうにしている。

魔法学園の話とかそこんところは、異世界的に無学な僕には遠い場所の話だ。

「みなさん、このあとはどうするんです？」

「俺たちはここでキノコを採って帰ろうかなって思ってるよ」

「きのこ……」

もうそのワードだけで怖くなっちゃうのは、僕が臆病だからだろうか、それとも現代人だからだろうか。きのこって図鑑を見て食べられると思っていても、実は間違ってたとかよくあるし、それで毎年食中毒起こってるし。正直僕はこの階層毒だらけだと考えて潜行《ダイブ》してる。カーバンクルくんには無闇に口にしないよう注意してるのでそっちはＯＫ。

一方でカーバンクルくんが前足で僕のふとももをわちゃわちゃして、バナナのおかわりのおねだりをしてくる。皮を剥いて残りをあげると、嬉しそうにパクパクし始めた。かわいい。

「ここのきのこ、食べても大丈夫なんですか？」

「大丈夫だよ。採取するのはわかりやすいものだけだから」

「なら……安心ですかね」

「そう考えると迷宮《ダンジョン》はどの階層でも毒だらけだからね。そういうのは日ごろから気を付けてるんだよ」

「それ大事ですよね。ほんとに」

ホントこれはマジ大事だ。だって迷宮《ダンジョン》は【森】にだって毒草とか生えてるもん。っていうかマジどこもかしこも毒だらけだ。ほんと危険すぎる。迷宮《ダンジョン》の環境はどこも人間に優しくないよ。

「君はどうするんだい？」

「僕はこの先を少し様子見して帰ろうかなと」

「ということは、次の階層の？　大丈夫？」

「大丈夫ですよ。【暗闇回廊《くらやみかいろう》】とかも深度30ですし、冊子を見る限りなら攻略もそこまで大変じゃないかなって。ヤバそうなアンテナ立ったら全速で逃げます」

「あの、君、レベルの方は？」

「あー、それは内緒ということでひとつお願いします」

「……あまり無理はしないようにね」

「心配してくれてありがとうございます」

僕はチーム『極光』のみなさんと別れたあと、先の階層である【常雨の艶湿地】を見に行った。雨が降ってたのですぐに引き返したのは言うまでもない。ここでずぶ濡れにでもなったりしたら、【雪降る密林】で凍死してしまう恐れがあるからだ。絶対やべーコンボが発生してるよ。本気で攻略するつもりなら、結構難度は高いのかもねこのルート。

帰り道はまた『突然雪だるま《スノーマンゲリラ》』が立ちふさがったので、今度は雪合戦になった。

どうしたかって？　雷の速度の投擲を食らわせて全部爆裂四散させた。

そんなこんなで、正面ホールに戻ってきたわけだけど。

「アシュレイさーん」

「あ、お土産！」

「は？」

うん。いまの言葉は僕を見詰めながら発せられたものだ。僕をお土産と見間違えるなんてあんまりにもあんまりだ。温泉饅頭《まんじゅう》と同格だとでも言うのだろうか。目が病気というか脳の病気が疑われるよ。脳神経外科内科送りにしてやろうか。

僕が非難の視線を向けると、アシュレイさんはすぐに取り繕ったような笑顔を見せる。

不自然なニコニコ顔だ。

「……じゃなかったわね。クドー君、お土産は？」

「ないです」

「はぁ!?　チッ……なーんだ」

「ちょいちょい、態度態度。態度が露骨過ぎますって。っていうか顔見た途端お土産とか言うのやめてもらえます？　そろそろ付き合い方考えますよ？」

「あーあー、折角許可出したのになー。お土産なしかー」

「聞いてないし……」

アシュレイさんは僕の言葉も聞かず、あからさまに拗ね始める。この受付はほんとよ。

もうため息を吐くほかないよね。諦めとか呆れとか、いろんなもの諸々だ。

一方でカーバンクルくんは受付の台にぴょんと飛び乗ると、毛づくろいをし始める。マイペースだ。

「……冗談ですから。ちゃんと持ってきてますって」

「さすがクドー君！　私信じてたわ！」

「…………」

もうね。言葉もないよね。きっとアシュレイさんは手首に高性能の回転機構が備わっているのだと推測される。某勇者王みたいにブロ◯クンマグナムとか撃てそう。

僕は虚空ディメンジョンバッグから、とある石ころを取り出す。

「はい。どうぞ」

アシュレイさんは差し出された石ころを手に取ると、それを両手に持ちながら不思議そうな顔で矯《た》めつ眇《すが》めつ。

やがて僕の顔を見て首を傾げる。

「クドー君、このお土産、なに？」

「なんだと思います？」

「私には、ただの石にしか見えないけど……」

「石ですね」

「？？？」

アシュレイさんは僕の要領を得ない返答に、さらに困惑している様子だ。

「……あの、クドー君、これって何かあるの？　物凄く価値があるとか？　宝石の原石とか？」

「ないですね」

「なら何があるのよ？」

「え？　何もないですよ？」

「――って、じゃあただの石じゃない！」

僕がわざとらしく惚《とぼ》けにかかると、アシュレイさんは石を床に投げつけた。

もちろんと言うべきか、両隣の受付はこっちの話を聞いていたらしく、盛大に噴き出していた。この付近の受付嬢はみんないい性格してるのである。

「……あのねクドー君」

「人をお土産扱いしたお返しですよ」

「うぐ……」

「大丈夫です。お土産はきちんと用意してますから。折角許可取るのに骨を折ってくれたんですから、用意してないなんてことありませんよ」

アシュレイさんはすごく酸っぱそうな顔を見せる。自業自得だと言いたい。

僕は再度虚空ディメンジョンバッグを開き、北國バナナを一房取り出した。

「はいこれ。北國バナナです」

「ちょ、また随分とレアな食べ物を……普通、潜行《ダイブ》一発目で見つけて来れるもの？」

「いえそんなに難しくはないはずですよ？　それっぽい植物のあるところを探せばいいわけですし、貰った冊子にも情報ありますし」

「いや、でも文章だけでどの木に生《な》っているとかは……」

「その辺の情報はこっちも確保してますし、あと正確にはバナナは木じゃなくて草です」

「そうなの？」

「見た目は木ですけど分類学上はそうらしいですよ？　僕のいるところでの話ですけど」

僕の後ろ《バック》にはグー○ルとかヤ○ーとかいう大企業が付いているのだ。調べものなんてお茶の子さいさいである。

「ほらこれです。これ」

「みゅ」

スマホの自撮り画像を見せる。そこにはバナナが生っている木と僕、そしてノリノリの

カーバンクルくんが映っていた。イエイ！

「ねえ。いつも言ってるけど、この絵なのかなんなのかよくわからないのはどういうものなの？」

「あー、その辺り説明難しいのでパスでお願いします」

「めんどくさくなったのね。まあ私も無理は言わないけど」

アシュレイさん、その辺理解があるのはありがたい。お土産扱いの件は絶許《ぜつゆる》だけどさ。

「そうだ。『極光』ってチームの人たちに会いましたよ」

「あのチームね。ホントいま脂が乗ってるわ」

「すごいんです？」

「そうね。強いチームだと思うわよ？　個人的にはもっとゆっくり攻略してもいいと思うんだけどね」

「アシュレイさん的には蓄積してそう……と」

「私の担当じゃないからそこまでは言えないけどね。まあ、王国の名前を出されたら受付嬢も止められないけど」

「国とかにせっつかれてるんですかね？」

「そうね。大きなバックアップがある以上、常に結果は出さないといけないでしょうし、焦りはあると思うわ」

「やだなーそういうの。めんどくさいなー」

「クドー君？　お金をもらうってそういうことよ？」

「なんかもっとユルくできて、お金いっぱい貰えるお仕事とかありませんかね？」

「ないわね……っていうかクドー君には不要でしょ？」

「そんなことありませんよ」

「……毎日のように迷宮《ダンジョン》に潜っててそんなこと言うの？」

「え？　迷宮《ダンジョン》は楽で楽しいじゃないですか？」

「………………」

突然アシュレイさんが頭を抱え出した。いままでにないくらいの重量感が見て取れる。まるで言葉が通じない人間とお話ししているかのような感じだよ。まあ本来なら言葉なんて通じないんだけどさ。これも神様謎翻訳の賜物《たまもの》である。

でもアシュレイさんはすぐに考えることを諦めたのか、頭を重くしていた原因を放り出して、目の前のバナナに意識を向けた。

「それでクドー君。このバナナ、ホントにくれるの？」

「はい。どうぞ」

「やたっ！　さすがクドーくん！」

さすが都合のいいことである。それくらい面の皮が厚くないと受付なんてやってられないのかもしれない。冒険者《ダイバーズ》ギルドの受付業務は地獄だぜ。

残りの北國バナナ？　自分で食べる分と、神様へのおすそ分けの分だ。

手続きを終えたあと、カーバンクルくんに声を掛けた。

「今日は一緒に家に帰る？」

「ミュ！」

カーバンクルくんが手を上げた。そのつもりなのだろう。

……ともあれ、いつものように神様たちのいるところに行った折だ。

そう言えばと思い出して、異世界にカーバンクルくんを置いてきたときのことを、神様にお願いしたわけだけど。

「――そうだね。なんか悪戯《いたずら》しようとする子が出てきたら、神罰落としとくよ神罰」

頼んだら、笑いながらそんなことを言われた。まるでテレビの前で煎餅《せんべい》をかじりながら、他愛《たわい》ないお話をしているときのような気軽さだった。

個人的にはこの辺すごく神様みがあったように思う。

「なんかこわいね」

「みゅ……」

物騒なことをあくまで朗らかに言ってのける神様。

僕は簡単に挨拶を済ませたあと、カーバンクルくんを連れて家に帰ったのだった。

第32階層　リベンジ!　ディランくん!

現在、僕は森を冒険中である。

ここで言う森とは——当然諸兄諸姉の皆様はおわかりかと思うけど、迷宮深度は5の【大森林遺跡《だいしんりんいせき》】である。毎日ぽかぽかお散歩日和《びより》、山のお恵みパラダイスなところだけど、ここも迷宮《ダンジョン》であるためそれなりの危険はある場所だ。それなりにね。

枝葉の隙間から降り注ぐ木漏れ日気持ちいいとか、迷宮《ダンジョン》に潜る先人たちに踏み固められた安全な小道歩きやすいとか、楽しい楽しいお散歩気分でいると、突然茂みから現れた雑魚モンスに不意打ちを受けて倒されてガメオペラという話が枚挙に暇がない的な頻度で事故が起こるくらいには、危険度がある。

もちろんレベルが高ければなんてことはないんだけれども。

そしてそしてなんと驚くべきことに、今日は僕一人での冒険ではないのだ。

脱ぼっちである。

……いやぁ、一応ぼっちはいつでも脱出することは可能なんだけどね。気分気分。

それで、この日僕と一緒に冒険してくれる奇特なお方は、以前ガンダキア迷宮第1ルート、深度は8の【霧浮く丘陵《きりうきゅうりょう》】にて助けた新人冒険者《ダイバー》ディラン・フロストくんだ。

あの日から数えて二週間くらい経ったかな。あのとき一緒に潜ろうよと約束した通り、ただいま一緒に潜行《ダイブ》中。しかも、今日が初めて一緒に潜る日なのである。

ディランくん、あれから一人で潜行《ダイブ》して、そこそこ慣れが出始めたおかげなのか、以前よりも地に足が着いている感じがする。

あの後、僕がおすすめした通り、迷宮《ダンジョン》ガイドであるシーカー先生に迷宮潜行《ダンジョンダイブ》のいろはを教わったらしく、潜行《ダイブ》に必要な警戒心がきちっと身に付いてきたみたい。まあ、一度あんな目に遭ったからってこともあるんだろうね。適度な慎重さが芽生え始めてきたというわけだ。

大きく変わったところと言えば、やっぱりその見た目だろう。装備が以前よりもしっかりしているのだ。前は鉈《なた》とか中古の革の胸当てとか、装備貧弱過ぎて悲しい限りだったけど、今回は森で採集ではなくてバトルがメインであるため、充実とはいかないまでも、最低限のものは揃えてきている。

いや、きちんとしてなかったら僕も潜行《ダイブ》許可しないし、まず受付でストップがかかるんだけどもね。

「――というわけで、九藤晶《クドーアキラ》の装備品ちぇーっく！」

「だ、大丈夫でしょうか……」

僕がテンション上げてる一方で、ディランくんは緊張気味。まるで高校入試の面接を受けに来た中学生のようだ。生まれて初めての面接でガチガチなのは僕も味わったことでもあるし、気持ちはわかる。でも意味不明な質問とかしないから安心して欲しい。学校の面接でも僕の面接でも、動力伝達の部品や摩擦軽減の油剤になる必要はないのだ。

「では、メインウェポンから！　きちんとしたの用意してるかな？」

「はい。鉈は採集用に回して、ショートソードを買いました」

腰に差した剣を見せてくれるディランくん。

オーケーオーケー。メインウェポンはきちんと武器だ。鉈じゃない。

もちろん武器に使うタイプの鉈ならいいけれど、農作業用の鉈はそもそも武器じゃない。武器じゃなかったら、武器として使う用には設計されていないから、使用に耐えられないのである。

刃物ならなんでもござれと持ってきて、手荒に使って戦闘中に壊れちゃったら致命的だもんね。

「あとはサブ。これもちゃんと用意してるよね？」

「はい。言われた通り、身幅の厚い短めの剣を一本買いました」

「よしよし……」

サブはサブでも三郎的なサブちゃんじゃなくてサブアーム、サブウェポンのこと。

サブってのは結構大事なものだ。予備的な意味合いはもちろんのこと、こういった武器はメインの取り回しがしにくい場所で活躍する。メインで長めの武器を使ってて、もし狭い空間で戦うことになったなら、当然困ったことになるわけだ。そういう状況を回避するために、サブは取り回しのしやすく丈夫な武器が必要となる。

これって結構気が回らない人が多いんだよね。階層ごとに環境が一変する迷宮《ダンジョン》だと必須なのに。重視する人なんて戦うモンスに合わせて様々な武器を持って行くくらいだ。

「そして地味に重要なのは靴！　サイズは大丈夫？」

「それも合わせてもらいました。でも……」

ディランくんはふと神妙な態度を見せる。申し訳なさそうな、いまにも公式の謝罪会見を開きたそうな縮こまりようだ。

「どしたの？」

「どうしたもなにも、お金、本当によかったんですか？」

「ああ、それね。いいのいいの。気にしないで。あとで返してもらえればいいから」

「ありがとうございます」

ディランくんは腰をしっかりと曲げて頭を下げる。テレビで見るサラリーマンも斯《か》くやという、お手本のような頭の下げ方だ。君は今日にでも日本社会の荒波に揉《も》まれることができるだろうと思われる。揉まれた末はお察しいただきたいけれど。

それはともかく、今回、ディランくんが靴を購入するに当たって、お金を貸したのだ。

この世界って、あっちの世界と違って工作技術や紡績《ぼうせき》技術が発達してないから、服も靴もオーダーメイドで買うってなるとやたらめったらお金がかかる。びっくりして芸人さんばりの二度見とかしちゃうくらいだ。だけど、だからといって靴の調整はおろそかにしてはいけない。合わない靴を履くと、怪我《けが》につながるし、潜行《ダイブ》は徒歩メインであるため、とても疲れる。バランスを崩して大事な場面で転んだりしたら目も当てられない。

だからこそ、丈夫な靴をきちんとした工房で作ってもらう必要があるのだ。

これはシーカー先生もアシュレイさんも推奨している大事なこと。

――冒険者《ダイバー》をやるならいい靴を履け！

もはやその台詞は彼ら彼女らの定番と言っていい。

ともあれ、新人冒険者《ダイバー》はこれをするだけで、目に見えて潜行《ダイブ》効率が上がるのだ。揃えない手はないのである。

確認のため、ディランくんには辺りを適当に歩いてもらう。サイズの方は問題ないようで、足が靴から浮いたり、パタパタ音を立てたりもしていない。大丈夫そう。

「んじゃ次、飛び道具！」

「はい。簡易のスリングを買いました」

「オーケー！」

飛び道具。これは、攻撃手段として使うのはもちろんのこと、モンスの気を引いたりするのにも使ったりする。

名手にもなるとそれで結構なダメージ入れたりする人もいるんだけどね。ミゲル辺りの上級者になると、投げナイフの心得も必須と言うほど重視されているものだ。

「一番は痺《しび》れ薬を仕込んだナイフとか針なんだろうけどね」

「そっちはまだ僕には取り扱いが」

「だよねぇ」

扱いに慣れてないと、ふとしたときに自分を傷つけてしまうことがある。というわけで、安全なスリングを選んだんだろう。僕も針とか麻痺《まひ》ナイフとかは危なくて使えませんし。

でもまあ、ここは迷宮《ダンジョン》。スリングだと対応できない相手も当然いるわけで。

「そんな君に意外と使えるアイテムを進呈しよう！」

「そ、それは？」

「じゃーん！　今日ご紹介する商品はなんと！　中身入りの水鉄砲と、ホルスターとゴーグルでーす！」

そう言って僕が下ろしたサファリバッグから取り出したのは、その通り、水鉄砲とそれを携行するために必要なホルスター、そして自分の目を守るためのちょっとカジュアルなゴーグルだ。

ディランくんは見慣れない物を目の当たりにして、ポカンとしている。

「えっと……」

「水鉄砲だよ水鉄砲」

「みずてっぽう、ですか?」

ディランくんってば、どうもよくわからないと言った様子。これは了見が狭いと言うわけではなくて、単純に鉄砲という言葉がわからないのだろう。

フリーダにも、圧力で水を噴射させる玩具《おもちゃ》が売ってたけれど、やっぱ鉄砲って言葉は使われてなかったし。

「これ、引き金を引くと、水が勢いよく発射されるんだ。入っているのは水じゃないんだけど」

「あ……玩具の」

「そう。だけどこれをただの玩具と侮るなかれ!」

「ということは、中身が?」

さすがディランくん、察しが良い。

「この中身は、唐辛子の粉とかお酢とか刺激物を沢山混ぜた液体なんだ。これを相手の目に目がけて撃ち出せば、相手はたちまち悶絶《もんぜつ》するのである、まる」

「へえ……」

それを聞いたディランくんは、興味有りげな声を出す。

この刺激物発射装置の効果はすでに現地で実証済みだ。なんとあの【採掘場《さいくつじょう》】の『醜面悪鬼《オーク》』にも効果がある。この前実験台になりやがれくださいとばかりに使ってみたら、魂《たまげ》消る絶叫を上げながらものの見事に悶絶したのだ。

効果は抜群。

……え？　『催眠目玉《スリープアイ》』にはどうだって？　あんなんクソ雑魚ですわクソ雑魚。急所を露出している時点で生物的におかしいもの。お前らきちんとまぶたを用意してから出直してこいと言いたい。

いや、それはそれでなんか気持ち悪いけど。

とまあそんな感じに、モンスたちは水鉄砲なんか全然かわそうとしないのだ。まさにアホの極みと言うしかない。奴らは唐辛子を触った手で目を擦ったときの地獄さながらの痛みなど知らないのだ。ペペロンチーノを作ったあと、不用意に目元を掻《か》いて死んだ同胞は数え切れないはず。あれはそうそう耐えられるものではない。

ディランくんはと言えば、水鉄砲を興味深そうに矯《た》めつ眇《すが》めつしている。

使用する前に、注意を一言。

「これ、絶対人に向けて使っちゃダメだからね。最悪失明するから」

「――――ッ！　これそんな危険なものなんですか!?」

「そうそう。意外とヤバいんだよ。フリーダにあるものでもお手軽に作れるから。作り方はあとで教えるよ」

「す、すごいですね。クドーさんは毒薬の調合もできるんだ……」

それは言い過ぎだ。そうなると僕だけじゃなくて、山に入る人や農薬不使用の自然栽培農家さんの方々まで危ない人になってしまいかねない。毒劇法で逮捕されてしまう事案になっちゃう。

というわけで、ディランくんは水鉄砲を収めたホルスターを腰に装備する。

……ホルスターに水鉄砲が入ってるだけって聞くと、なんかシュールな気もするけど、最近の水鉄砲はリボルバーガンっぽいデザインのものも多いため、結構見た目がいい。

そしてこれもそのタイプなのだ。しかも魔法をかけて超壊れにくくしたからここで使用するのも安心である。

「では食料とかアイテムもろもろー」

「はい。食べ物は荷物にならない軽いもの。あとお水は……」

「一応の予備と渡した空のペットボトルがあればいいよ。水場で汲んでいけるしね」

迷宮《ダンジョン》には結構水場が多い。場所柄全然ないところもあるけれど、基本は開拓されているため、中継地点や安全地帯《セーフポイント》にはあるし、マップにもどこに何があるかは大抵書かれているためオープンに知られている。

ディランくんはペットボトルを手に取る。

「これ、すごく便利ですね」

「だよねぇ。僕もこっちに来てこんな便利だなんて初めて知ったよ」

ペットボトルはマジなんにでも使える。ほんと便利だ。向こうの世界じゃ中身を飲み終わったらリサイクル行きだけどね。サバイバルサバイバル。

ただ一応使い回す場合は都度都度口の部分をしっかり洗わないとならないうえ、取り換えることも必要だ。お腹壊しちゃうもんね。その点は、きちんと言ってあるので問題なし。

ではこれで準備もオーケーというわけで、ディランくんとともに森を進行。

いつものお散歩気分でらんらんるんるーと歩いていると、ふとディランくんが取り乱したような声を上げた。

「く、クドーさん！　クドーさん！　向こうに大きな魔物がいます！」

「え？　大きな魔物？」

「は、はいっ！」

僕が不思議そうな声を上げちゃう一方で、ディランくんは固唾《かたず》を呑む。

だけどもだけど、僕は「はてどうしたことか」である、ここは初心者大歓迎の【大森林遺跡】だ。基本的に大きな魔物なんていようはずもない。

まさか、前の『醜面悪鬼《オーク》』のときみたいに、はぐれモンスが現れたのかと身構えて周囲をくまなく探すけど、やっぱりモンスらしきモンスは見えない。

でもその不可視の魔物は、ディランくんだけには見えているようで、

「く、クドーさん！　魔物が近づいてきます！」

「え？　どこ？　どこにいるの魔物？」

「あれです！　あれ！」

「あれ……」

指を差してくれるけど、魔物は見えない。

うーん。そもそも、あれと言うからわからないのだ。

というかほんとモンスはどこにいるのじゃろうか。

「その大きな魔物って、特徴は？」

「ま、まず俺の倍くらいの背丈があります！」

「ふむふむ。ディランくんや僕の倍くらいの背丈……」

「あと、毛むくじゃらで、耳が長くて大きな目をしています！」

「毛むくじゃら、耳が長くて、目が大きい……」

「はい、真っ黒な瞳です。すごく邪悪な感じが……」

…………うん、なんかそんな特徴、覚えがあるぞ。というか以前に僕も経験した。

「いまは茂みの中に身を伏せて、こっちに近付いているようです」

「えーっと」

その魔物何某《なにがし》は、僕たちが気付いたことに気付くと、ばさっと茂みの中に引っ込んだ。

その茂みも、いまはもぞもぞしている。

「出てきそうです……」

ディランくんは緊張しまくった声を出して、おニューの剣を抜き臨戦態勢。

やがて、茂みから飛び出してきた大きな影は——

……そうね、ウサギだよね。

僕とディランくんの前に現れたのは、ここ【大森林遺跡】のクソ雑魚生物兼癒し枠の『歩行者ウサギ《ウォーカーラビット》』だった。

ディランくんはその大きさに圧倒されていて、剣の柄を固く固く握りしめている。

僕は大きなモンスと言ったらいろいろ見てるし、まずウサギはモンスの分類じゃないのでピンと来なかったけど、まあ、確かにこいつもこの辺では『大きい』に分類されるのだろう。『溶解死獣《ポイズンキマイラゾンビ》』とかそんなレベルで考えちゃダメだよね。

「ち、近づいてきますよ！」

「近づいてきますねー」

「速いっ！」

「速いねー確かにねー相対的にねー」

「く、クドーさん!?」

僕が適当な返事をしているせいで、ディランくんは更に困惑を深めている様子。

一方ウサギは二足歩行でひょこひょこと歩いてくる。腕を振って足を動かして、まさにウォーキングだ。ここにはマグレガーさんがいないからいい気なものだ。まあ、あのウサギ相手になるとマグレガーさん（六メートル）が必要になって来るだろうけど。

僕はウサギ見なれているから可愛く思えるけど、まあ初めて見るならこんな反応だよね。しかもちっちゃいウサギさえも見たことないから、ディランくんにとっては完全に未知との遭遇である。

うん？　種類？　たぶんネザーランドドワーフだね。

そんなウサギは近くに来ると、『ばあっ』と言うように両手を高く上げて、勇次郎的な地上最強の生物がとる構えを見せる。もちろんそこから繰り出される攻撃は比べ物にならないほど弱っちいんだけど。

でもどうも今日のは、そういったタイプではないらしい。攻撃してこないタイプだ。

……ちなみにこのウサギさんたちには、いろんなタイプがある。

基本的な行動と言えば、二足歩行で歩き回ったり、草をもしゃもしゃ食べていたり、アナウサギ由来なのか地面をほりほりしているのが大半だ。

そして、ひとたび冒険者《ダイバー》の存在を認知すると。

近付いてきてウサギケンポー（無害）をかましてくるタイプ。

まとわりついてすりすりしてくるなつっこいタイプ。

荷物を引っ張っていたずらをしてくるタイプ。

がいるわけだ。

……うん、冒険者《ダイバー》大好きすぎだろこいつらとはいつも思う。

とまあ、今回のはたぶん、すりすりしてくるタイプだろうと思われ。両前足を幽霊みたいに突き出してゆらゆらさせるウサギケンポーの構えは取らないし、いたずらするタイプは最後まで姿を見せないからね。

ともあれ、まずはディランくんに注意事項を言っておく。

「剣は収めてね」

「え!? でも!?」

「ギルドではウサギを武器で攻撃するのは禁止されてるんだよ」

「そ、そんな。じゃあどうすれば……」

僕の注意で、ディランくんは困惑の極みでおろおろ。

そんなに戸惑われても、ウサギへの刺突斬撃魔術攻撃は法律で禁止されているのだ。

まあ低レベル相手だと剣で斬られようが刺されようが、魔法を受けようがへいちゃらなんだけどねこいつらは。むしろ攻撃してしまったことを一部の人に知られてしまった日には、『ウサギさんだいすきクラブ』なる秘密結社的な非合法組織にたちまちのうちに消されてしまう恐れがある。くわばらくわばら。

身を固くしているディランくんに近付いたウサギは、まず彼のことをくんくんし始めた。

「ふひぇ！」

鼻先を近付けられたディランくんが面白い声を出した。でっかいから迫力あるもんね。

すぐに驚いて目を瞑《つむ》るけど、一向に何もしてこないことに気付いて目を恐る恐る開けるディランくん。その内、ウサギは身体をすりすりこすりつけ始めた。

「きゅー」

「…………え？」

わかったたか。

「あの、クドーさん、これ」

「まあ、ちょっと構ってあげなよ」

「は、はあ……」

そう言うと、ディランくんは律儀にも、ウサギを構ってあげ始めた。

ウサギはでっかいけど、まとわりついてすりすりしてくるだけだから、それほど負担にもならない。

やがてウサギのすりすりにも慣れて来たのか、撫で始める。

「……ふわふわだ」

そりゃあふわふわだろう。ウサギは『ふわふわ』と『もふもふ』に分類される生物なのだから。

ウサギはひとしきりディランくんにすりすりすると、今度はターゲットを僕に移したらしく、近付いてくる。

そして、手で僕の頭をペシペシ。

「……ちょっとさ」

ペシペシ。

「どうして僕のときはそんな感じなのさ！　普通ディランくんと同じ流れですりすりするんじゃないの!?」

叫ぶ僕に、ウサギは首を可愛らしく傾げると。

今度は僕のサファリハットを引っ張った。

「ちょ、やめて！　やめてって！」

僕も負けじとサファリハットを死守する。他方その様を見ているディランくんと言えば、呆けた様子で僕たちを眺めていた。

そりゃやってることが自分のときと全然違うともなればこうなるか。

……僕がウサギたちにあまりいい印象がないのは、実を言うとこのせいだったりする。

この『歩行者ウサギ《ウォーカーラビット》』たちは、何故か僕のことを見ると、手でペシペシしたり、ウサギケンポーの的にしたり、こうして帽子を持って行こうとするのだ。

まあ帽子はひとしきり追いかけっこをすると返してくれるわけなんだけども。

……遊ばれてるとか言うなし。

こいつらすりすりなんて滅多にしてくれない。ほんとかなしみ。

ともあれ、ウサギはある程度帽子の取り合いをして気が済んだのか、その場にちょんと座って、頭や顔をくしくし洗い始める。ほんとマイペース。

「結局こいつは一体……」

それは僕にもわからんて。ウサギの存在なんて迷宮《ダンジョン》七不思議の一つにしたいくらいだ。

「まー一応、無害な生き物だから。特に急いでなきゃ、適当に相手してあげてよ」

急いでいるときは、害を与えない方法で撃退するか、どうにかして逃げるしかないのである。面倒な生き物だ。

ふと見れば、ディランくんはウサギのことをじーっと見つめている。もしかすればこの様子だと、ウサギの可愛さにやられたのかもしれない。

確かにウサギは可愛い。いや、ほんと見てるぶんなら滅茶苦茶可愛いんだけどさ。

冒険者《ダイバー》の荷物を盗って追いかけっこしたがるのだけはほんと、ほんとそれだけはやめて欲しい。それさえなかったら、ただの癒し動物に落ちつくんだけどね。

この迷宮《ダンジョン》でほんとの癒しを求めるなら、【水没都市《すいぼつとし》】にいる白アザラシくんに会いに行くのがモアベターもしくはマッチベター。あそこには保護監督員がいるから安全だし。

すると、ディランくんは僕に非難がましい視線を向けてきて。

「あの、できれば先に言っておいて欲しかったなって」

「いやー、ウサギのこと初めて見るみたいだし、どんな反応するのかなって思ってね」

「う……」

ディランくんはちょっと恨めしそう。だっていつも僕がビビる立場だから、他人のビビりを見るのはなんか新鮮なのだ。もうちょっと見ていたい気になったってしかたない。

「というのは二割冗談なんだけども」

「いやそれ、ほぼほぼ楽しんでるじゃないですか！」

ナイスツッコミ。だけど、ここから真面目なお話。

「ディランくん。ここは迷宮《ダンジョン》だからって、なにもいるのは魔物ばかりじゃないから、見境なく攻撃とかしたらダメなんだよ。あと、次一緒に冒険するまでに、【森】のことをきちんと調べておくこと。ディランくん、あんまり調べてなかったでしょ？」

「え？　あ、はい……」

そう、だからこそ、ディランくんはウサギが何だか知らなかったのだ。きちんと調べていれば、あれが無害な生物だとわかっているはずなのだから。

「アレだよね。ここはもう余裕で歩けるから、調べなくてもいいと思った」

「……は、はい。そうです」

「ダメだよ。階層のことはみっちり調べておかないと。そういった油断が、この前みたいなことになる」

この前のこと。そう言うと、ディランくんはハッと気づいたような表情を見せた。

そして、

「すみません……」

「モンスが弱くても、歩きやすい場所でも、いろいろあるんだ。毒草とか毒キノコとかあるし、中には特殊な魔訶不思議《まかふしぎ》能力を持ってる奴らだっている。冒険する場所は、なるべく事前に調べてきた方がいい。攻略されてるところは基本的に情報出てるしね。一人で潜るんなら、こういうのは特に気を付けてないと」

「はい……」

神妙な態度できちんと聞いてくれるディランくん。こういう風に真面目に聞いてくれるのってありがたいよね。お話のし甲斐があるもの。

「ディランくん、字は書けるんだよね？」

「え？　はい」

「じゃあこれ、ノートとペン。これで書いておきなよ」

そう言って、コ〇ヨ的なノートとペンを渡す。

ディランくんは「ありがとうございます」とお礼を言って、試し書きを始めた。

「うわ、これすごい」

すぐに、ペンの書き心地にびっくり仰天である。異世界の技術が〇クヨに敵うはずもないのは当然だ。しばらくの間、インクの文字とペン先とに視線を交互に行ったり来たりさせていた。

「なにかあればすぐメモした方がいいからね。モンスも植物もアイテムもいっぱいあるから、気になる物はメモするクセを付けるように」

「わかりました」

しっかりと頷いたディランくんを見て、前方を示す。

「じゃ、行こうか。もうそろそろ今日の目的、リベンジタイムの始まりだよ」

そう言って僕たちは、今日の目的地である、以前にディランくんが遭難しかけた【霧浮く丘陵】へと向かったのだった。

――というわけで、引き続き、新人冒険者《ダイバー》ディランくんの復讐《ふくしゅう》のために冒険中だ。

現在は第1ルートの途上、迷宮深度7【霧浮く丘陵】にいる。ざっくり言うと、森の次にある階層で、前にディランくんが遭難死しかけたというよくない思い出のある場所だ。

ディランくんはこの階層に踏み込んでから、目に見えて動きが鈍くなった。そのぎこちなさは、【黄壁遺構《おうへきいこう》】の『石人形《ゴーレム》』たちを連想させるほどカチコチしてギクシャクしている。これならまだ古いブリキの人形の方が滑らかに動いてくれるんじゃないかというほど。彼自身油剤になる必要はないけれど、油剤が必要になりそうな感じである。

どうやらディランくん、思った以上に緊張していらっしゃるご様子。そりゃあここで死ぬような目に遭ったわけだから、身構えてしまうのも当然だよね。第1ルート上にある【街】に初めて入った僕みたいに、一挙手一投足がビビりのそれへと変化している。

だけど、こうしてきちんと警戒しているぶん、まだ良い方だと言えるかな。

【霧浮く丘陵】。ここも森と同様に初心者ウェルカムなイージー階層だけど、油断してるとほんとコロリとやられてしまうのだ。徘徊《はいかい》しているモンスたちも森に比べて格段に多くて、奴らは霧に紛れて飛び出してくるというびっくり攻撃をデフォでやってくる。バックアタック上等レイドアタック当たり前。霧に巻かれて迷ったあげくに気付いたら囲まれてました大ピンチで即ガメオペラなんてこともまあ珍しくないそんな場所なのである。

あと、特徴と言えば一年を通して涼しいということくらいだろうか。前述の通りモンスがいるから、夏に涼を求めて赴くなんて軽井沢扱いやお金持ちの家の夏休みムーブはできないんだけど。もちろん観光地みたいに『ようこそ【霧浮く丘陵】へ』なんて、旗など用意してくれてもいない。

　ともあれ、ディランくんは緊張しすぎだ。この様子では、関節がかなり固まっているだろう。これではいざというとき動けなくなる恐れがある。

「ディランくん。ちょっと立ち止まろうか」

「え?　はい」

　ディランくんは突然僕が足を止めたことに困惑しつつも、同調して足を止めてくれる。集団行動◯《マル》。

「よし。じゃあまず身体から力を抜いて、ぶるぶる体操をしよう」

「ぶるぶる……ですか?」

「そう。ぶるぶる体操。身体から不必要な緊張を取り除くための大事な運動だよ。いまのディランくんには何よりも必要な行動だね」

「それは一体どうやるんですか?」

「まずは身体から力を抜く。肩の関節が外れちゃったようなイメージをしながら、肩先から腕をだらんと垂れ下げる。次は中身が全部お水になったようにイメージしながら、全身をブルブル振るわせるんだ。胴体で腕や足を振り回すように」

　これはテレビで毎週紹介される健康体操の一つだ。というかいつも思うけど健康体操とかどんだけあるのか。毎度毎度、運動学の博士とか、整体師の先生とか、ヨガの達人とかデュークとか更家とかいろんな人がこういうの生み出すから、通販のサプリメントや健康器具よろしくどれがなんでどんな効果があるのかほとんど覚えていない。その例に漏れず、このぶるぶる体操も実際どんな効果を求めて生み出されたのか僕は全然覚えていないのである。体操多過ぎ問題だ。

僕がぶるぶる体操を実演してみせると、ディランくんは僕の動きの真似をして、身体をぶるぶる振るわせる。

「こんな感じですか？」

「いいんじゃないかな？　これで少しは身体の緊張もほぐれたんじゃない？」

「なんとなくですが……」

完璧とは言いがたいようだけど、いまはそれで良いだろう。ディランくんにはトラウマがあるため、いまはここにいるだけで緊張から逃れられない状態にあるのだ。今回はその解消のために訪れたのだから緊張していて当たり前だし、あとはこの階層に慣れることで、解消されていくと思われである。

「ディランくん、武器も出しておこうか。それだけでも随分と違うと思うよ」

「はい」

「これで突発的に襲われても、すぐに対処できるしね」

一時の緊張ほぐしも終わり、また復讐のために【霧浮く丘陵】を歩いていると、ふと霧の中に人形《ひとがた》のシルエットが二つ並んで見えた。

「クドーさん、あれって……」

「見たところ人間っぽいね。警戒しなくて大丈夫そうだ」

ここは迷宮《ダンジョン》だ。当然モンスだけじゃなくて、他の冒険者《ダイバー》さんもいらっしゃる。霧の奥に人影が見えたら大体そうだし、それが二つ三つ並んで動いているのならばほぼ確定的に冒険者《ダイバー》だろう。斬りかかったらトラブルのもとになりかねない。モンスだとみなして攻撃なんてしたら、治療費慰謝料損害賠償請求されちゃう案件になってしまう。

――アキラ、殺してしまえば同じだぞ?

……自分の脳の奥底で、あくまの声が反響する。殺意がインスタントで冷酷無慈悲な師匠なら、きっとそんなことを言うだろうむしろ言われたマジ怖い。事故を装ってしまえばいいとかマジ鬼畜だ。ヒットマンの手口がデフォで備わっている師匠とか、一体何の師匠だったのかその内わからなくなってきそうで怖いというか師匠はすでにもう怖い。

周囲に気を払いつつ、近付いてくる人影を眺めていると、それが見覚えのある姿だということに気付いた。

「あれ?　シーカー先生だ」

霧の中から現れたのは、迷宮《ダンジョン》ガイドを生業《なりわい》とするシーカー先生だった。

いつものように無精髭《ぶしょうひげ》を生やした不健康そうな顔で、手には彼の得物である仕込み傘を持っている。まるで漫画やドラマに出てくるような、だらしのない新聞記者とか、うだつの上がらない探偵とかそんな風体だ。カーキ色のコートを着せたら完璧だと思われ。先生表向きは気だるそうにしているけれど、実際はどんな階層でも八方睨《にら》みを利かせていて、鋭敏なのがこの人の本質だ。

今日は先生一人じゃなくて、隣に白の全身鎧《よろい》を身につけた人が一緒にいる。

全身鎧の人をガイド中……にしては、その人はどうも迷宮《ダンジョン》慣れしている様子。

ということは………この全身鎧の人は一体全体何者なのだろうか。

「お？　クドーじゃないか」

「こんにちはです先生。今日もお仕事ですか？」

「いや、今日はちょっとな」

「ということは、そちらの方がそのちょっとの方で？」

「ああ、こいつは俺の古い知り合いでな……」

シーカー先生は、突然そんなことを言い出した。

僕はそこに、驚きを隠せない。

「え？　先生って仲良くする知り合いとかいたんですか？　現実に？」

「俺だって知り合いや友達の一人二人くらいいるわ！　つーかなんでそんな想像に行き着いたよ!?」

「いやーてっきり賭け事ギャンブルで作った借金を返すために方々から借りまくって絶縁状を叩きつけられて、友達を全部失ってるっていうクズストーリーが僕の脳内で確立していて」

「お前想像力逞《たくま》しすぎだろ！　具体的過ぎだ！」

先生とそんなやり取りをしていると、全身鎧の人が先生の方に身体を向ける。「まさかお前……」的な感じにだ。

すると先生は焦ったように否定にかかった。

「やってねえからな⁉　いくら金に困ってもそんなことはしねえからな⁉　な⁉」

ああして疑いの目を向けているということは、この全身鎧の人も先生のギャンブル癖には辟易《へきえき》させられているのだろう。最近では依存症という病気として認知されつつあるし、先生にも先生が必要だろう。心療内科のお医者さん的な先生が。

ややあって、シーカー先生は落ち着くと。

「ったく……というか今日はクドー一人じゃないのは珍しいな」

「ええ。今日は彼と一緒に冒険中です」

僕がそう言うと、ディランくんが会釈をしながら前に出てくる。

一方で、先生はディランくんに見覚えがあったようで。

「ああ、そういやこの坊主は最近ガイドしたな。確かディラン、だったか？」

「はい。先日はありがとうございました」

ディランくんは再度、シーカー先生に社会人も真っ青なお辞儀をする。というかきちんとディランくんの名前覚えてる先生さすが。これでギャンブル大好きじゃなければ、僕的には聖人認定するレベルなのに。いやほんとマジで。

「……悪かったな」

「えっ、まさか先生僕の心を読んで……」

「きっちり口に出してたわ！　ダダ漏れだっての！」

「そうですよね。先生が人の心を読めてたらギャンブルなんて負けないですもんねー」

「なんでもかんでもそっちにつなげんなっての！」

先生の突っ込みを受け、いちいち話の腰を折るのもアレかと思い大人しくしておく。

「まあいい。確かそいつは、お前が助けたんだったか？」

「ええ。成り行きでそんな感じになりましたね」

「そんでほっとけなくなったと？」

「そんなところですね」

僕がそう言うと、先生はどこか呆れたように肩をすくめ出す。

「お前もなんだかんだお人よしだよな。聞いたぜ？　この前も耳長族の――」

「ふへっ！」

いまふいに情けない驚きの声を上げたのは、もちろん僕だ。

全身鎧の人がにじり寄って、じーっと見つめてきていることに気付いたからだ。

恥ずかしいとかいうより鎧マシマシのせいで威圧感があるから若干怖いという、怖い寄りの驚きぶり。

「あ、あのぉ……」

僕は逃れようとするように反っているんだけど、鎧の人はそのままじっと見詰めてくる。

「バルログ。そいつはクドーだ」

「九藤晶です。よろしくお願いします……」

僕は背反りになりながら、バルログさんに挨拶をする。

ともあれ、バルログとは珍しいお名前だ。見た目は全身鎧であるため、仮面のスペインニンジャでもトールキンの悪鬼でもないのだけれど、バルログさんだ。イズナドロップをイナズマドロップだと思い込んで幼少期を過ごした諸兄は僕だけではないはずだきっと。

やがてそのバルログさんは、よろしくと言うように無言で籠手《こて》を差し出してくる。

恐る恐る握り返すと、やはりよろしくというようにしっかりと手に力が込められた。

「バルログさんはソロなんですか？」

「いや、こいつは【黒の夜明団《ブラックダウンオーダー》】の人間でな」

「おおぅ、大ギルドの方なんですね」

ここは有名なギルドの一つで、多数の種族を抱えているため、多種族混成ギルドなどと呼ばれている。この前の『赤光槍《クリムゾンランス》』さんも確かここの人だったはずだ。

「……つーかよ、普通は名前くらい知ってるもんだぞ?」

「いやぁ、僕その辺ものすごく疎くて……」

普通知っているということは、このバルログさんも幹部とかその辺の方なのだろう。この前の『赤光槍《クリムゾンランス》』さんは知名度的な意味で露出が多かったから僕でも知ってたけど、やはり名前がよく出てこない人だと、あんまりわからない。

当の本人も全然喋《しゃべ》らないし、もしかしたらとってもシャイな方なのかもしれない。

「それで、今日は何してたんだ?」

「はい。ディランくんのレベルも12になったんで、この階層にリベンジに来たんですよ」

「復讐?」

「ええ。ディランくんが死にそうになった階層がここなので、ここのモンスターたちにお礼参りをしにですね」

「ああ、そういうことか」

「こういうトラウマは早めに克服しとかないと、やっぱり付いて回りますから」

「なんだ。クドーには経験でもあんのか?」

「………いえ。そんな気がしただけで」

うん、まあ少なくとも迷宮《ダンジョン》でのトラウマはないよ。迷宮《ダンジョン》ではね。

……はい、嘘です。【内臓洞窟《ないぞうどうくつ》】とか、【地下都市】とか、第1ルート上にある【街】とか、いっぱいいっぱいトラウマありましたとも。あ、僕の場合は克服とか当分いいのでそのままにしてますよ？

「だが、確かにトラウマの早期克服は必要だな。【内臓】の方はもう二度と行きたくないですしおすし。余裕があるうちに行っとかないと、行きにくくなるからな」

「ええ。笑い飛ばせるくらいにならないといけませんしね」

僕がそう言うと、シーカー先生は意外そうな顔を見せる。

「なんだ、話がわかるじゃないか。クドー、お前もガイドになるか？」

「ええー、それはちょっと嫌です」

「言うと思ったよ……どうせ自分の時間を大事にしたいとか言うんだろ？」

「もちそれです。僕はここに楽しみに来てるんですから」

「迷宮《ダンジョン》に遊びに来るヤツなんてドラケリオンかお前くらいのもんだよ。ったく……」

シーカー先生とそんなことを話していると、また何かが近づいてくる気配が感じられた。

やっとお出まし、モンスターの気配だ。

どしん、どしんという随分と重そうな音が、遠間《とおあい》から響いてくる。

「く、クドーさん、これって……」

「うん、そうだね。ディランくんの復讐相手第一号だ」

音は反響してどこから来ているのかわかりにくいけど、重そうな音と震動で何が来るかは丸わかりだ。

深度7、【霧浮く丘陵】に出没する『岩塊腕《ブロックアーム》』に間違いない。

これは【黄壁遺構】の『石人形《ゴーレム》』の親戚みたいなモンスターさんで、大きな右腕とごつごつとした身体が特徴的だ。普段はどこぞのルートにいらっしゃる「もっさん」よろしく岩に擬態しており、霧に紛れて敵の背後に回り込み、右腕を振り下ろして冒険者《ダイバー》を叩き潰すという不意打ちを専門にする厄介者である。

しかし、移動すると音が出るという致命的な欠点があるため、近づいてくるとこうして簡単に察知されてしまうし、しかもしかも、素材的には価値が全然ないのが残念なところ。鉱物資源が歩いてきているような、デリバリー素材モンスターにもならない。

「『岩塊腕《ブロックアーム》』？　ゴミ」と一蹴される可哀想なヤツだ。

もちろん正面から戦っても、同レベル帯ならばそれなりに苦戦する相手なんだけどね。

やがて、背後に気配が現れる。レベルが高いとわかるようになるから、僕や先生やバルログさんには意味がない。気付いていないディランくんに注意を促してから距離を取ると、やがて霧の中から『岩塊腕《ブロックアーム》』が現れた。

「じゃああれについて先生からなにかアドバイスを一つ」

「お前が連れてきたんだからそういうのはお前がやれよ」

「えー。先生、ガイドなんですからいいじゃないですかー」

「手ぇ抜くなっての。お前が教えるつもりで連れてきたんだろ？」

「いやまあ、確かにそうなんですけどね」

さすがにその辺りの怠慢は許してくれないらしい。

というわけで、まずはディランくんがどう立ち回るか見てみるべきだろう。

「じゃあまずは一度一人でカチ当たってみようか」

「クドーさん、オレ一人で大丈夫でしょうか……」

「大丈夫大丈夫。あれ相手なら10もあればそうそう死なないからさ。動きもここに出るモンスの中じゃ比較的鈍い方だしね。周りのことは僕が見ておくから気にしなくていいよ。『岩塊腕《ブロックアーム》』にだけ集中して。ゴー！」

僕が背中を押すと、ディランくんは警戒しながらも『岩塊腕《ブロックアーム》』に近づいて行く。

そして、戦闘だ。ディランくん隙を見つけて剣で打ちかかるけど、当然『岩塊腕《ブロックアーム》』の固い身体に、刃は立たない。

レベルが高い人だと、包丁の実演販売よろしくスパスパ斬れるんだけどね。いや、あれってホントにどうなっているのかと訊《き》きたい。レベルが上がると持ってる剣の切れ味増すとかはっきり言って不思議でならない。なにかズルのかほりがするよ。

「先生、ディラン君ってどうなんです？」

「ん？　才能はあると思うぜ？　あれは最近まで農業してたヤツの剣の振り方じゃねぇ」

隣にいたバルログさんも頷く。やっぱり喋らないけど。

「へー」

「お前はそういうのわかんねぇのか？」

「だって僕ってただの学生ですしおすし」

「ただの学徒が迷宮《ダンジョン》でお散歩なんてしねぇし、まずできねぇよ」

「じゃあ僕の存在そのものがその証明に」

「お前は特殊なケースだわ。比較にならん」

先生とそんな与太を話していると、ディランくんが一度戻ってきた。

それを見計らって『岩塊腕《ブロックアーム》』も、霧の中に紛れていく。再度霧の中から回り込んで、不意打ちをしようという心積もりなのだろう。無機物的な見た目に反して、随分と賢《さか》しらなことである。まあ、さっきも言った通り僕や先生やバルログさんもいるから、まったくの無意味なんだけど。

「……難しいです」

戻ってきたディランくんは、険しい表情。『岩塊腕《ブロックアーム》』の攻略法に困っているといったところだろう。

「そりゃあ正面から正攻法で倒すなんて無理だよ。そんな戦い方で倒すなら、まずハンマーとかメイスとかが必要になるし」

「じゃあ、いまの俺の装備じゃむりなんじゃゃ」

「そんなこともないよ。なんでもやりようさ」

そう言って、説明に入る。

「まず前提として、ああいう造形が偏ってるのは、行動が一定になりがちなんだ。これは僕の幼馴染みの含蓄《がんちく》なんだけど『確かにああいう姿が極端なのは、見た目も強そうで圧力を感じる。だが、詰まるところその部分を特化させることによって、逆に動きが制限されているんだ。基本的に予想範囲内の行動しかとらないし、うまく誘導すればこちらの思ったように動いてくれる』んだって。ああいう風に左右非対称なやつってのは、動くのすごく不便らしいよ」

「えっと、つまり」

「あいつの場合は右手がデカい。右手での攻撃に比重を置いてるから、攻撃は基本右手になるし、でも右手が重いから、左旋回はしたがらない」

なんだっけ、あれだ。この話を聞いたのは、ヒロちゃんが海鮮怪人七人衆の一人、ヤシガニーZを倒したあとだったはずだ。あいつも、片方の爪がものすごくデカくて、でも結局ヒロちゃんのパンチ一発《バーニングスマッシュ》で消し飛ばされた。ヒロちゃんほんと強すぎる。

「ディランくん。モンスターを倒すときは、漫然としてではなく、必ずそのモンスターの特徴を逆手に取ることが必要だ。相手の特徴をしっかり掴んで、想像をふくらませること。じゃあ、この場合はどんな部分を逆手に取れば、自分が有利になるかな？」

「有利、ですか？」

「ヒントは、そうだね……森の『一角鹿《モノケロスディア》』なんかが近いかな」

『一角鹿』の攻略法を思い出す。あいつは角を頼みにして突進ばかりするから、突進したあとの隙だらけな状態を狙えば簡単だし、あとは後ろ蹴りに注意して動けばいい。

では、それが『岩塊腕《ブロックアーム》』ならどうか。

「……あいつは右腕が重いから、左旋回が鈍くなる。攻撃も右腕が主。だから極力左腕側に回り込むようにする……ですか？」

「当たり。相手は左旋回が大変だから、左手側に回り込めば大きな隙ができる。で、攻撃する場所は、節々の隙間、特に背後から打つのがいいね」

「……はい！」

ディランくんが気づけたので、ひとまず安心だ。

あとは、僕からもう一つだけアドバイス。

「それと、さっき渡した水鉄砲も使ってみなよ。すんごく意外だけどこいつにも効果あるから」

「目を狙うんですか？」

「うん」

こいつ鉱物っぽいけど、目っぽい器官があるので刺激物が効果有り。これは戦術であり卑怯《ひきょう》ではない。弱点を保護していないモンスが悪いのである。

やがて『岩塊腕《ブロックアーム》』が姿を現すと、ディランくんは先ほどの話の通り、左手側に回り込む。

一方で『岩塊腕《ブロックアーム》』は、そんなディランくんの動きについて行けずにもたもた。やがてディランくんが隙を見計らって、水鉄砲を目に撃った。

「GAAAAAAAAAAAAAAAAAAA!!」

大きな叫び声を上げる『岩塊腕《ブロックアーム》』。唐辛子を触った手で目を擦ったときのことが想起されてちょっと可哀そうに思ってしまうけど、モンスだし仕方がない死ね、なのである。

ともあれ、『岩塊腕《ブロックアーム》』はディランくんを見失ってめちゃくちゃに暴れ出す。これではすぐに攻撃できないけれど、そこはさすがのディランくん。冷静に距離を取って、動きが落ち着くまで待機。やがて『岩塊腕《ブロックアーム》』が右腕を地面にめり込ませて動けなくなったところを見極め、動き出した。

「ガハハ！　勝ったな。田んぼ入ってくる」

「田んぼなんてどこにもねぇよ。というか田んぼに入るとか農家かお前は」

「僕の高度なギャグにマジなレスをしないでくださいよ先生。普通はお風呂だけど、田んぼという死亡フラグを掛けてしまった感じですね」

「わかりにくい冗談はやめてくれ。反応に困る」

そんなことを言いつつ言われつつ、先生に訊《たず》ねる。

「あんな感じの指導で大丈夫でしたか？」

「ああ、いいと思うぞ。常に相手の弱点を突くように指導するのは絶対的に正しいからな。全部教えるわけじゃなくてきちんと考えさせるように仕向けてるし、冒険者《ダイバー》なら満点だろ。クドーお前やっぱガイドやれよ」

「嫌ですって」

「この面倒臭がりめ」

「ええー！　それ先生が言うんですか!?」

「ガイドはきちっとやっとるわ！」

そんな話はともあれ、ディランくん。『岩塊腕《ブロックアーム》』の関節に剣を叩き付けると、かなり食い込む。手応えを感じ取ったのだろう。今度は首の関節、人間で言うならば延髄に狙いを付けて、切っ先を一気に突き込んだ。

ディランくん必殺の一撃を受けた『岩塊腕《ブロックアーム》』は、絶命したのか、糸が切れた操り人形のように崩れ落ちる。

「おおー!!」

さすがディランくんだ。要点に気付いたら簡単に倒してしまった。全体的にかっこいい雰囲気の主人公ネームは伊達《だて》じゃない。

「やった……やりましたよクドーさん！」

「ディランくん、おめでとう！」

わーいと二人諸手《もろて》を挙げて喜び合う。

これでディランくんの復讐が一つ完遂された。リベンジというとなんかポジティブに思えるのに、復讐というとひどくネガティブに思えるのは何故なのか。

そんなときだ。

「むむっ？」

僕たちの大きな喜びに水を差すかのように、別のモンスの気配が現れる。

その空気読めないモンスターは、結構な速度で近づいてきているようで、いまのディランくんに対応させるにはちょっと面倒な思いをさせそうだ。

なのでこいつは、僕が相手をすることにした。

霧の中から現れたシルエットは、『単眼頭《サイクロプスヘッド》』のもの。こいつは一つ目青肌の人型をしたモンスターで、特徴という特徴がないのが特徴だ。うん、僕もこいつの説明をすると、何を言っているかわからなくなってくる。だってだいたいの奴って特殊能力的な特徴あるし。目が特徴的なんだからせめて目からビームくらい出せとか思うけど、そんな力はまったくないほんと悲しみの塊のような相手だ。

要するに、普通の人型相手にする要領で戦えばいいタイプの相手だ。

突然現れたこいつに僕が使うのは、スクレ直伝の流露波《リウルウハ》である。

だけど、今日使うのは以前使ったオリジナルとはちょっと違う感じのもの。

正直、いまの僕にはあの『浮き足先』とかそういったものは技術的に難し過ぎる。というかディランくんの前で僕の半端な動きなんて見せてしまったときには、ひどく幻滅させてしまうことは想像するに難くないむしろ超簡単まである。折角尊敬されているんだから、尊敬されたままでいたいのは人情だ。なので、僕なりに考えて、僕ができる程度のいい感じに落とし込んだ体捌《さば》きを用いることにした。

もちろん参考にしたのは中国拳法だ。本と動画を何遍も見て、家の庭で毎日早朝から練習に励んだ。僕偉い。超偉い。

まず、右足の甲が横になるようにして踏み込む。

すると、自然と下半身が反時計回りにねじれることになり、それに連動して上半身も反時計回りに回転し、体が横に開かれる。

その勢いを利用して突き出す右手に勢いを付け、その右手も、内側にねじり込むように突き出す。

ここだけは、抉《えぐ》り込むように打つべし打つべしである。

下から上へ、踏み込む動作から打ち込む動作まで、関節の左回しをつなげていく感じだ。

そしてあとは、流露波《リウルウハ》の基本に則って掌底を打ち込み、勁気《ジンチィ》を解き放つ。

力の伝わり具合のイメージは、背中を内側から叩くのでなく、水袋全体を振るわせるような感じだ。

以前にポーション品評会会場前で使ったときの踏み込みは、地面を強く振るわせるような感じだったけど、今回は震脚《しんきゃく》の威力が地面に吸い込まれて行くような感じ。青肌の腹筋に掌底をひねり込んだせいか、モンスの皮膚が渦を巻くようにぐにゃりと捻《ねじ》れた。

これが同レベル帯のモンスだったら当てるのすんごい苦労しただろうけども、今回のヤツは低レベル帯の雑魚モンスなので余裕を持って当てることができた。

一撃必倒。『単眼頭《サイクロプスヘッド》』は断末魔の叫びすら上げる暇も与えられず、膝から変な崩れ落ち方をして、目、耳、鼻、口から血を噴き出して絶命した。

「うわ、本気で噴血して死んだよ」

猛虎硬爬山《もうここうはざん》じゃないんだけど、まさかの噴血死である。単眼だから、七孔じゃなくて六孔に減るんだけど。

「す、すごい……」

ふいに、ディランくんが感動したような声を上げた。

見れば、こっちを見ながら目をキラキラさせている。わかる。子供のころはこういった不思議拳法を使うアニメの登場人物にすごく憧れたものだ。梁《りょう》師範とかさ。スクレ？　スクレは超かっけーです。そのうちワイハ語で静かな人、孤独な人的な意のエネルギー波とか出して欲しいと切に願う所存。そしてそれを僕にも教えて欲しいな的な所存。

一方で、それを見ていたシーカー先生が目を丸くする。

「おい、いまのはもしかして流露波《リュウルウハ》か？」

「ええ、そうです。先生知ってましたか」

「まあな。俺も一応耳長族とは関わりがあるからな。型とかはいろいろ知ってるんだよ」

「そうなんですか」

僕の失礼な想像に反して、先生意外と交流関係が広いようだ。というか人間嫌いな耳長族と知り合いとはまた希有だ。いや、先生いい人だからよくよく考えるとあり得ない話じゃないんだけれど。

「だがよ、いまのは大元の流露波《リュウルウハ》とはだいぶ違うな」

「わかります？　この前使ったときにへっぴり腰とか言われて散々笑われたので、練習したり、参考になる動画や資料を見たりして勉強したんです。ふんす」

僕が自慢げに胸を張ると、先生は不可解そうに眉をひそめる。

「勉強って、どうやって勉強するんだよ？　そんな秘伝書なんてないはずだが……」

「いえ、まあ、いろいろとあるんですよ僕のところ」

僕がそう言うと、先生は合点がいったとばかりに納得する。というか何故今の説明で納得できるのか。うーん、もしかしたら先生もライオン丸先輩みたいに僕がどこから来ているのか勘付いているのかもしれない。

「先生、効果はちゃんと出てますよね。傍目からも」

「ああ。普通のは威力が貫通する。だがお前の使ったそれは……なんだ。内臓に響いてるのか」

「ふふふ、いまのは衝撃が浸透してるんですすよ」

「浸透……なるほどな」

僕がそれっぽいこと言ったら、先生が深く頷いた。すみませんこれ、僕の知ったかなんです。真面目に受け取られると恥ずかしいし申し訳なくなるのでご勘弁願いたいです。

やはりディランくんが、尊敬のまなざしを向けながら、

「……すごいです。やっぱりここの階層のモンスターなんて、クドーさんには楽勝なんですね」

「そりゃあね」

「そういえば、さっき話にあった幼馴染みさんも冒険者《ダイバー》なんですか？」

「うんう。ヒロちゃんはヒーローだから」

「ひいろう………ですか？」

「そうだね。ライダーと戦隊物の中間みたいな存在だよ」

「よくわからないですけど、やっぱり強いんですか？」

「強いよー。特にバーニングスマッシュとかヤバいね。改造怪人とか一撃で消し飛ぶよ」

「え、えっと」

ド・メルタの人間であるディランくんにこの手の話は難し過ぎたか。仕方ないよね。

「じゃーそろそろ次行こうか。この調子でどんどん復讐していこう！　おー！」

「クドーさん、それ明るく言うような言葉じゃない気がするんですけど……」

「細かいことは気にしなーい気にしなーい！」

……そんなこんなで、シーカー先生たちとはお別れしてから、ディランくんは以前に散々追い回されたモンスたちにお礼参りを完了させていった。これできっと彼も、過去（二週間くらい前）のトラウマも克服できたろう。めでたしめでたしである。

第33階層　遭難者を助けよう週間での出来事

　この日、迷宮傭兵のリンテ・アーティーは中深度階層にある安全地帯《セーフポイント》の壁に寄りかかり、天井を仰いでいた。

「はーあ、ボクもヤキが回ったかな……」

　肌を流れるのは、冷や汗のほかに、赤々とした血液だ。深度の高い階層で一人で活動しているところを予定外の強モンスターに出くわし、下手をうった。ただそれだけ。迷宮《ダンジョン》内ではごくごくありふれた、よくある話だ。

　なんとか裏ルートを通って第4から第1ルートに逃げ込み、安全地帯《セーフポイント》にたどり着くことができたが、ここでもそう簡単に安心はできない。確かに安全地帯《セーフポイント》には、モンスターの核《かく》石《せき》を加工したモンスター除けの晶石杭《しょうせきくい》がそこかしこに打たれているため、モンスターは寄り付かない。しかし、手負いの場合となるとモンスターだけでなく冒険者《ダイバー》が敵に回る場合もあるのだ。怪我《けが》をして動けないのをいいことに、金品目当てで強盗はおろか殺人までする者も存在する。

ギルドでまことしやかに噂《うわさ》される『千手《サハスラハンド》』などはその最たるものだ。ここガンダキア迷宮内に隠れ住み、強盗や殺人に手を染める犯罪集団で、迷宮《ダンジョン》で行方不明になる者たちの一割は、彼らの手によるものだとも囁《ささや》かれる。

いまだそれを見たものはいないというほど用心深い連中らしい。

もちろん、探せば痕跡程度は見つけられるだろうが、そんなの結局は他人事。

だが、いまこうして自分の方が、被害者側に回りかけている。

「同じ羽を持つ鳥は何とやら……か」

古巣が似たような組織であったことを思い出す。殺しが専門で、組織を設立した者たちの邪魔になる者は、すべてこの手で殺してきた。

ふと、安全地帯《セーフポイント》の入り口に何者かの気配が現れる。

十中八九、冒険者《ダイバー》だろう。願わくは、善良な冒険者《ダイバー》であって欲しいが、中深度階層になると迷宮《ダンジョン》にこなれた悪い冒険者《ダイバー》も増えてくる。

顔を見られないように、モンスターの皮を用いたフードを被った。

お気に入りの毛皮が血で汚れるのは嫌だが、背に腹は代えられない。毛皮の中で縮こまるように身構える。

「よいしょっと」

やがて入り口から現れたのは、荷運び役《ポーター》が持つような大きなリュックを背負った茶色の髪の少年だった。

少年はこちらを見ると、目を丸くして一瞬固まる。

やがて、困惑から復帰したのか。

「あ、どうも」

「あ、うん、どうも」

ペコリと頭を下げる少年に、ついつい、そんな返事をしてしまう。

警戒していたものと果てしなくかけ離れた存在だったせいか、その落差のせいで毒気を抜かれてしまったのか。釣られて挨拶を返してしまう。

その後もその少年は「そこ失礼しますねー」と言って、隅っこの方に陣取った。

なんというか、荒くれなどが大半の迷宮《ダンジョン》には、似つかわしくないほど庶民的で穏やかで控えめだ。まるで子供がピクニックにでも来ているかのよう。これでどうしてこんなところまで来られるのか、不思議で不思議でしょうがない。

他に誰か頼りになる仲間がいるのかも知れないと、入り口の方を観察するが、一向に誰も訪れずで、やはり彼は単独らしいことがわかる。

安全地帯《セーフポイント》の端っこで、バッグからクッションを取り出して、お尻を着地。カップや水など、食品を取り出して、マイペースなことこの上ない。

そんなふわふわとした態度を見ていると、ふと最近噂になっている、一人歩きの小人《アローンポーター》の話を思い出す。

そう言えば、最近流れ出した噂では、こんな恰好《かっこう》をしていたのではなかったか。

見た目はとても善良そうで、珍しい服装をしており、大きなリュックを背負っている。

荒事が苦手で、危険そうな場所には近づかず、よく低、中階層の安全地帯《セーフポイント》に姿を現す。

そして、怪我をしている冒険者《ダイバー》を見つけると――

「もしよかったら、回復魔法、使います?」

どことなく申し訳なさそうな態度で、そんな言葉をかけて来るのだと。

§

今日の僕は、ガンダキア迷宮のそこそこまあまあな階層に赴いていた。

ルートは第1ルートの途上、【石窟《せっくつ》】と【街】の間。【石窟】でもっさんを僕のお得意、紫の魔法で蹴散らしながら、でっかい石像をカメラで撮って、あとでごりごりに編集して幻想的な詐欺写真でも作り出そうかなーどうしようかなーなんて考えながらの道中である。

第1ってみんな大好き初心者ルートなんだけど、途中から難易度が格段に跳ね上がるのだ。

特に迷宮深度22【緑青《ろくしょう》に烟《けぶ》る街《まち》】はレイスなどのお化けモンスばかりが出て来るため、

実体のない敵を倒す術がない人間の攻略はお断り……ってほどではないけどご遠慮願います的な場所である。見た目は廃墟《はいきょ》ばかりが軒を連ねるゴーストタウンで、その実態もお化けばかりが出るゴーストタウンという妙に洒落の利いたところでもある。『背後霊《バックゴースト》』『居丈高《スレンダー》』『忍び寄る影《シャドウストーカー》』など、僕の精神的平穏を極度に脅かし、不整脈心不全など心臓を直に狙ってその活動を止めようとしてくる、モンスターにあるまじき攻撃をしてくる敵でひしめき合っているのだ。びっくり死しないように祈るばかりである。

で、僕がいま目指しているのは、その【街】の先にある迷宮深度38【機械神殿《きかいしんでん》】。ここは内部が異様にメカメカしくて、近未来的な造形の機械化迷宮である。僕は以前に一度だけ、入ってすぐのところにある『第一の扉』前までだけど、ライオン丸先輩に連れてきてもらったことがある。そのときもやっぱり機械っぽい物品が多くあって、SF映画とかアニメとかに出てくるような殺人オートマトンみたいなのがうろついていていた。見つかると警戒のアラームをうるさいくらいに鳴らして、機関銃とかバンバン撃って来るという、その幻想をぶち壊すって感じで異世界的な世界観を破壊してくる階層だ。先輩？　先輩は銃弾だろうが見てから余裕で回避していた。もはや漫画やアニメのキャラクターである。

誰がこんなところをこさえたのかは知らないけど、この前の先輩との冒険もあって、やはりここド・メルタは大昔は非常に栄えた文明があったのかもしれないと思う所存。

そんでもってここ、攻略ガチ勢の大ギルドの人たちも攻略を諦めるほどの場所らしい。

なんでも話によると、まず例の『第一の扉』が開けられないのだという。まったく僕に攻略してくれと言わんばかりの場所だ。攻略一番乗りとか夢があるし、やってみたい。有名になるのはちょっとまだ及び腰なんだけども。

ともあれ、これまで僕がここに手を出さなかったのは、当たり前だけどレベルのせいだ。迷宮《ダンジョン》深度は迷宮踏破などの攻略難易度の指標であるため、モンスのレベルに直結するわけじゃない。だけどそれでも、攻略にはある程度のレベルが必要なのだ。安全性を確保できるまで、単独での侵入は見送っていたのである。

それで現在は、まずは【緑青に煙る街】を余裕で突破できる道程を開拓すべく、その手前の安全地帯《セーフポイント》に入ったところ。

さーて景気づけにカップ麺でも食べてポン汁飲んで、近所の神社で買って来たお札をこれでもかとはっ付けて、万全の態勢を整えてからさあ行こうと考えた矢先のことだ。

安全地帯《セーフポイント》に、着ぐるみパジャマみたいな毛皮の塊がいた。

「ん――――?」

あんまりにも光景が奇妙すぎて、一瞬眼科への受診を考えそうになったくらいには自分の目の調子を疑った次第。

狼と熊を合体させたようなモンスターの毛皮を被った何かが、縮こまって身を伏せている。毛皮にはお耳も鼻もあり、目玉があっただろう部分は丸い穴が開いている。着ぐるみパジャマみたいにちょっと可愛らしくデフォルメされてるけど、まあかなり奇妙な恰好だ。なんか有名なアニメ映画でこんな恰好をした狩人がいたんじゃなかったっけって、考えちゃうくらいには既視感がある。

いや、っていうかそもそも僕はこういう恰好をしている人たちのことを知っている。怪着族《かいきぞく》。耳長族と並んでド・メルタ最強種族の一つに数えられる人たちで、朱姉神《しゅししん》ルヴィの加護を受けている。ヘズナールと呼んでいる地域もあるのだとか。彼ら彼女らの特徴は、自分が倒したモンスターの皮や骨などを加工して身に着けることで、普段は腰巻や上着とかだけだけど、おそらくいま目の前にいるこの人？　もその怪着族だと思われ。

傍らには巨大なハサミも置いてあるし、たぶん剪刀官《リッパー》って呼ばれる異世界不思議戦闘職の一つだろう。

僕のことを警戒しているみたいで、視界に入るようさりげなく距離を調整している。

虚空ディメンジョンバッグからクッションを取り出して、そこにお尻をランディングさせたとき、ふとあることに気付いた。

（血の臭い……）

嗅ぎ慣れた鉄臭さに加え、よく見ると怪着族さんの周りには血の跡もある。どうやら怪我をしているらしい。

ともあれそんな経緯があって、回復しますかどうですかと声をかけたのだけれど――

「回復魔法って、キミ、魔法使い？」

「ええ。一応」

「それで、回復を申し出たと」

「はい。魔力に余裕があるので、はちみつポーションをお持ちでないならどうかなと」

回復どうですか～と極力朗らかな感じ（当社比）でそう申し出ると、胡散臭《うさんくさ》そうな、警戒しているような言葉が返された。声がこもってるから、性別はわからない。

「で、見返りにボクに何を要求する気？」

「いえいえ、特に何も」

「…………」

……うん、僕はその人に、すごく不審がられているようだ。まあ、当然だろう。ド・メルタにもネトゲよろしく辻回復というものは存在するけど、その全部に魂胆や物欲がないわけじゃない。回復代として金銭を要求したり、探索の成果を要求したりする者は少なからず存在するのだ。特に、回復させるのが女性一人となれば、他のものを要求するクソみたいな下衆《げす》野郎だっていないわけじゃないのが嫌なところ。

たぶんこの人も、僕を悪いヤツだと疑っているのだろうと思われる。

その証拠が、この油断のない警戒というかわずかながらの敵意というわけだ。

怪着族の人は、鼻白んだような声を出す。

「胡散臭いね。ボクは常日頃辻回復は信用できないって考えてるんだ」

「あーそういう人いますよねー」

「君たちって、どういう風に考えて辻回復してるんだい？」

「さー、親切心じゃないですかね？　いるでしょ？　困ってる人を見たら放っておけないって人。見返りなんて求めてないわ！　その人に喜んでもらうのが素敵！　最高！……とか思ってる人ですよ」

「そういうの、ほんと理解できないね。自分の得にならないことするなんて、頭オカシイんじゃないとか思ってる」

「そうですかね？　人間って、感謝されたり褒められたりすると気分いいでしょ？　要は辻回復もその延長線上のものなんだと思いますよ？　親切心で回復してあげれば、大抵喜ばれるでしょ？　それで脳汁ドバドバ出て、それがクセになってるんだと思います。人のためっていうよりは、自分のため。でも、それが自分のためって気付いてないっていうか、酔ってるっていうか」

僕がそう言うと、怪着族の人はうーんと唸《うな》る。毛皮のフードがこっくりと傾いた。

「確かにそう言われればそうかもって気がするね。脳汁とかはよくわかんないけど」

「でしょ？」

「でもそれって偽善だよね。そういうのって考え方が腐ってるんじゃない？　糞《くそ》だよ。吐き気がするし」

「なんか容赦ないですね」

うん。なんかこの人、抜群に口が悪いぞ。【屎泥《しでい》の沼田場《ぬたば》】のモンス並みには毒を持ってそう。

「で？　キミもそういったボクに吐き気を催させるクチなの？」

「僕は神様から頼まれたんですよ。最近安全地帯《セーフポイント》にたどり着けても、そこで死んじゃう冒険者《ダイバー》たちが多いから、余裕があったら助けてあげてよって」

「あー」

神様と聞いて、怪着族の人も思い当たる節があったのだろうね。リッキー曰く、この世界の神様は、ときどき地上に降臨してくるらしいのだ。基本的には人間を助けるように行動するらしいけど、自分の手が回らないときは人間に代行してくれって頼み事をするらしいし。そういうのを聞いたことがあるんだろうと思われる。

怪着族の人は、さっきよりも随分納得したというような視線に変化させた。

「どうします？　僕は回復しておいた方がいいと思いますけど。どうしても嫌ならやめますよ？」

「………………」

黙ったということは、少しは考えてくれているらしい。だけど、回復した方が絶対にいいのは間違いない。出血量を見るに、怪我が結構ひどそうなのだ。応急手当はしているみたいだけど、血の臭いがさっきよりも強くなっている。その怪我で中階層から帰還するのは、自殺行為とまではいかないけれど、あまりお勧めできるものじゃない。というか僕のエセ診断でも途中で行き倒れる可能性しか見えない。ダンジョンで「まだ大丈夫」「あと一回いける」とか、試練《シレン》的盗猫《トルネコ》的によくある思考は禁物だ。使えるものはじゃんじゃん使わないと、抱えオチで死んでしまう。ガンダキア迷宮は一歩踏み出す度に空打ちするくらい慎重じゃないとダメなのだ。おにぎりが腐る。地雷を踏むならまだマシだ。通路直前の眠りガスがマジ鬼畜の所業許せない。

でも、怪着族の人は一向に頷く様子はないようだ。よっぽど疑り深い性格なのか、それとも人の世話にはなりたくないっていうプライドがあるのか。その両方か。

「じゃあ僕を利用するって考えればいいんですよ。あなたがいま僕を信じきれないのは、自分が主導権を握ってないからです。僕に回復してもらうんじゃなくて、僕に回復させてやるんだって思えばいいんですよ」

「気の持ちようだって？」

「そうそう。僕に回復させるだけさせて、お金も見返りも与えずに逃げ去るって考えるんですよ。親切心に付け込むんです。そう考えれば、あなたに損はない」

「それじゃあボクが人でなしじゃないか」

「じゃあさりげなーくお礼を置いていくとかすれば、良い人になれますよ？」

「やだよ。なんでボクの私物を人にあげなきゃいけないのさ？」

じゃあどうしろと言うのか。

「……なんだろ、すっげーわがままじゃない？」

「まさか。ボクより控えめな人間なんて世の中そうそういないよ？」

怪着族の人はそんな風にとぼけにかかった。厚い面の皮だ。フード込みでも随分分厚い。いや別に図々しくはないし、単に変なこだわりがあるだけなんだけどさ。

というか、これ本気で言っているっぽいよ久しぶりにいい性格してる人に出会った気分。

「よしじゃあこうしましょう。僕は辻回復がしたくてしたくてどうしようもない超の付くくらいの変人で、あなたをいまから無理やり辻回復しようとするとか」

「……それ、自分で言うの？」

「設定って大事だと思うなー。じゃまあ、ほい」

そう言って、汎用魔術『拘束《こうそく》バインディングホールド』を無理やりかける。

紫に輝く魔力の鎖が、怪着族の人を縛り上げた。

「ちょ、何を!?」

怪着族の人がばたばた藻掻《もが》くと、モンス皮のフードが外れた。中の人は群青色の髪を首下辺りで切り揃えたボーイッシュガールだった。

「これであなたは抵抗できない。大人しく僕に回復されるがいい。ふははははは！」

と、設定を重んじて高らかに笑い声を上げると、ジト目が向けられた。

「変態っぽいね。それ、素《す》でしょ？」

「設定ってさっきから言ってるでしょ!?」

「でも役柄がハマってるよ？」

「もういいから回復しますからね」

僕は彼女の話を無視することにして、毛皮に手を掛けた。

「ちょ、何するのさ！」

「何って、傷口を見ないと治療できませんし」

「……それはそうだけどさ」

「そうでしょ。いまは緊急事態ですー」

僕は毛皮を脱がす。中身はかなりラフな恰好というか、上も下も包帯みたいな晒《さら》しが巻いてあるだけだ。すげー際どすぎる。脱がしといていまさら、社会的にヤバいことしてるんじゃないかって気がしてきた。刑法第百七十六条とかに抵触するかも。

「こ、これは医療行為医療行為……」

「ねえ、それ自分で言ってないと理性保てない？」

「仕方ないでしょそんなの！　下がこんな風になってるなんて思わなかったんですから！」

気分を落ち着ける。冷静に、冷静に。なるべくセンシティブな部分は見ないようにして、まずは濡れたタオルで血を拭う。

「お身体に触りますよー」

「やっぱ変態だね。いまのセリフで確信したよ」

「だから違うってさっきから――」

「はいはい。変態変態」

怪着族の人はまるで聞き入れてくれない。というか、そもそもそこまで気にした様子でもないのは、こっちの世界の人だからだろうか。恥じらいの基準が人によって変わるんだよねこっちの人はさ。いや向こうの人もそうだけども。

見ると、わき腹が赤く染まっていた。これはマズい。ふつーにマズいレベルの怪我だ。

「これかなり痛いの我慢してたんじゃないですか？」

「……まあね」

「まあねで済むような怪我じゃないですよ……」

この人結構ぶっきらぼうである。人に弱みとか見せたくないタイプの人なのだろう。

「やっぱり回復しときましょう」

「君もアレだね」

「なんて言われても僕は回復しますよ。さすがに放ってはおけませんからね」

「……ありがと」

そっぽを向いてお礼を言った毛皮少女に、回復魔法をかける。

もちろん、傷は綺麗さっぱりなくなって、顔色も良くなったのは言うまでもない。

拘束魔法を解いたけど、まあ言われることは言われるわけで。

「ともかくさ、君って変だよね。よく他人から言われない？」

「…………」

「やっぱりそうなんだね」

そんなことはないはずだ。いまの沈黙は脳内検索に手間取ったわけじゃない。スクレとかリッキーとかに変って言われることはよくあるけど。師匠やライオン丸先輩よりは変じゃない自信がある。比較対象も大概とか言うなし。

「……それでキミさ、何身構えてるの？」

「いや、勝手に回復したから攻撃されるかなと」

「そんなわけないじゃん」

「ですよねー」

「でも回復され料は請求するんだけどさ」

「え!?　なにそれ!?」

「ほら、出しなよ。設定って大事なんでしょ？」

「別に設定とかどうでもいいなって気がしてきたなーすっごくしてきたなー」

回復され料とか。それはさすがにぶりぶり的なざえもん以上にがめつくはないだろうか。

「ま、冗談はこれくらいにしとこうか。改めてお礼を言っておくよ」

「あ、お礼なら神様の像にしといてください」

「どの神様？」

「アメイシスのおじさんです」

「一番偉い神様かぁ」

「うん？　いや一番偉い神様は違うんじゃ？」

「いや、なに言ってるのさ。この世で一番偉い神様はアメイシスさまだよ？　常識でしょ？」

「でもこの前神様に会ったとき『ママには逆らえない、ウチの家族で一番偉いのはママだから』とか言ってましたよ？　オーニキスさんが一番偉い神様なんじゃないの？」

「………そう言えばキミ、神様に頼まれたとか言ってたね」

どうやらこの世界の人たちとは、神様の認識に齟齬《そご》があるようだ。

まあ、奥さんの方が強いというのは、どこにでもあることか。やっぱり家庭内権力はかかあに傾く傾向にあるのだろう。グンマーの歴史は偉大だ。蚕的にね。

「ボクの名前はリンテ・アーティー。迷宮傭兵やってる」

「迷宮傭兵ですか」

迷宮傭兵とは、いわゆるフリーランスの冒険者《ダイバー》だ。冒険者《ダイバー》がフリーランスとか何を言ってるのかイミフだけど、この傭兵さんたち、チームや個人の冒険者《ダイバー》に雇われて、日銭を稼ぐ用心棒的なムーブをしているのである。あまり人と慣れ合いたくないとか、チームを組むことの煩わしさやしがらみを嫌い、かといって一人で潜るのは心もとないという人たちがよくこの迷宮《ダンジョン》限定の傭兵稼業を行っている。リッキーとかそんな感じだ。

もちろんレベル的にもピンからキリまであり、弱い人たちは寄生という言葉がぴったり合うし、強い人たちはガチでストイック。この人は……たぶん後者のはずだ。寄生しているような人なら、回復の申し出を断ることはしないはず。

「僕はクドー・アキラ。姓がクドーで名前がアキラです」

「名前、覚えておくよ。今日は助かった」

「それはよかった」

リンテさんはそう言って、安全地帯《セーフポイント》から去って行った。

……なんだか最近、よく人助けするなぁとか思ったり思わなかったり。

それで終わりだと思ったんだけど。

「あ、君なんか食べ物持ってる？　お腹減っちゃった」

「なんというかもうお約束ですよね……」

顔を出したリンテさんに、食べ物を御所望された。やはり怪着族恐るべしである。

第34階層　緊急指令？　謎のお粥を攻略せよ！

　さて今日も迷宮《ダンジョン》に潜ってコウモリ狩って、地道に楽しくレベル上げでもしようかなとか思う……っていう感じにはならなかった。

　僕のド・メルタでの行動は、多分に気分に左右される。レベル上げをしたいときはレベル上げをするし、別のことをしたいときは別のことをするのだ。学業の方はきちんとしているので、その辺りのわがままはどうか許して欲しい。

　まあ基本的にやることといえば、食べたり飲んだり料理もどきをしたりとか、フリーダの街を探索して掘り出し物を探したりとかになるんだけど。

　それで今日の僕は、これまでにないほど難度の高いミッションに挑もうとしていた。

　現在、僕は冒険者《ダイバーズ》ギルドの食堂にいるわけだけれど、今日の舞台はここだ。

　ギルド食堂。ここは冒険者《ダイバー》が出会いと食を求めて集まる憩いの場所だ。日夜迷宮潜行《ダンジョンダイブ》を頑張る冒険者《ダイバー》たちに、料理で日々を過ごす活力と、ほんのちょっとの地獄と絶望を与えることもあったりなかったり。

周りを見れば、学校帰りのいつもの僕みたいに飲み物を飲みながらのんべんだらりとしている者、綺麗なお姉さん冒険者《ダイバー》を口説こうと声を掛けている男性冒険者《ダイバー》、実入りが良かったのか食堂で一番高い豪華なプレートを頼んでウキウキしている冒険者《ダイバー》に、尻尾や耳を櫛《くし》で入念に梳《す》いている人、ちっちゃなハチミツ壺に指を突っ込んでひたすらペロペロしている人などなど、ここにいるだけでいろいろな人間模様が楽しめるという、人間観察を趣味にしている人には堪らないシチュエーションが提供されるスポットでもある。

日を跨《また》いで潜行《ダイブ》している冒険者《ダイバー》のために二十四時間開放されているから、深夜や早朝は欠航が出た飛行場やフェリー乗り場よろしく、長椅子の上で力尽きている人たちがちらほら見えたりもするけれども死体ではないのでイタズラその他は厳禁だ。

僕が占有するテーブルの前には、調味料各種と、おなじみカセットコンロ、そして料理に被せるクロッシュがふたつだ。どっ〇の料理ショーや料理の〇人とかに出て来る、食材や料理の目かくしに使う銀製ドーム状のあれである。本来の用途は料理を冷めさせないようにするためと、お客さんの期待感を煽《あお》るために使うものだけど。

なぜ僕がこんなものを用意しているのかといえば、先ほど言った難度ナイトメアもしくは地獄に相当するインポッシボーなミッションに挑戦しようとしているからだ。

「クドーアキラの数分クッキング～」

「おー！」

僕がどこぞのお昼の番組よろしくそんなことを言うと、隣でスクレがパチパチと拍手をして場を盛り上げてくれる。銀髪ポニテをフリフリ。今日も可愛らしい限りである。

そう、今日の僕は、もう毎度のことになるけれど、食堂の片隅で迷宮《ダンジョン》食材を用いた料理を作ろうとしているのだ。

スクレがいるのは、一人だと寂しいので来てもらったというだけ。

「今日の調理助手は、耳長族代表スクレールさんにお願いしています」

そう言ったのだけれど、スクレは一向に「よろしくお願いしまーす」とか、アシスタント的な台詞は言ってくれない。

むしろちょっと面倒臭そうにして、ブー垂れる始末。

「アキラアキラ、この茶番はいつまで続けるつもり？」

「茶番言うなし。形から入るのも大事なんだよ？　なんとなく料理ができる人になった気分になるし、スクレだって料理が美味しかったら嬉しいでしょ？」

「アキラの持ってくるものはいつもおいしい。楽しみ」

スクレはやっぱりわくわくしている。

でも、残念かな。今日僕はその無垢な期待をどこかの登山用具さんさながらに裏切って、阿鼻無間《あびむげん》の地獄や神曲のコキュートス並みにどん底にまで叩き落とさないといけないのだ。

火城や氷漬けのサタンとかはないけど、次にきちんとおいしいものを持ってくるまで、恨まれることになるのは間違いないくらいには絶望させてしまうにジンバブエドルを掛けてもいい。いまならお手頃な価格で入手できるお土産になって密林で売っているから入手は容易いし。

「はい。では今日の食材は、ギルド食堂三大ゲロマズ料理の一角『謎のお粥《かゆ》』をメインにやっていこうかと思います！」

「――――！？！？！？！？」

僕が料理番組さながら、正面に向かって品物をにこやかに提示すると、スクレが声にならない声を上げる。

まあこの反応は予想通りだよね。これはこの前、スクレとつなぎ役の子がここで頼んで絶望の淵に立たされた、狂気とか凶器とかいう言葉がよくお似合いな名物的お料理だ。詳しくは「醤油に翻弄される者たち」を参照されたし。

僕がクロッシュを取った途端、スクレの顔から表情が失われ、目のハイライトまで消失する。あのときの絶望感が蘇ったのだろうね。

ふとした一時停止のあと、彼女は急に背を向けた。

「アキラ、私ちょっと用事を思い出した。さよなら」

そんなことを言いながら、荷物をまとめてそそくさと帰ろうとするスクレールさん。

「ちょっとちょっと！　待って待って待って！」

「ムリムリムリ！　食べれない食べれない食べれない！」

「そんなことはないよたぶんできっとでおそらくだけど」

「アキラ、それは人の食べる物じゃない。お粥の形態を取ったモンスター、もしくは毒劇物」

「そんなことないって、確かに味は果てしなくモンスター級で毒沼っぽい感じだけども。これみんな食べてるでしょ。ほら、あれ見てよ。あれ」

僕が指を差した先には、お早いご夕食をお召し上がりになる冒険者《ダイバー》さんたちの姿があった。その人たちはみんな、いま僕たちの目の前にあるものと同じ『謎のお粥』を匙《さじ》で掬《すく》い取って、目をぐるぐるさせながら口に運んでいる。そして口に含むなり、酸っぱさなのか、苦さなのかわからないけど、一度「ゴフッ！」と大きくむせて、それでも胃に入れなければという決意の下、勢いのまま流し込むといった涙なしでは語れない有様を見せてくれている。これでいまだかつて死人が出ていないというのもよくわかんないところだけど。

……本当にこれはなんなのだろうか。食べたくないのに食べないといけないという不思議な現象。外国で前にあった、ケシの殻を使ったラーメンよろしく、よくないお薬でも入ってるんじゃなかろうかと邪推したくなる案件だ。普通の穀物に交じってればわからないだろうし、何か常習性のある麻薬的なものが入っているに違いない。

「なら冒険者《ダイバー》は人じゃない」

「僕たちだって冒険者《ダイバー》でしょうよ……」

冒険者《ダイバー》が人でない基準なら、僕たちだって人間じゃない。いや、確かに普通の人間からすれば、身体機能その他もろもろ人間辞めてるってくらいのレベルだろうけどさ。この世界で人間辞めてるレベルはライオン丸先輩か師匠くらいのもんだよ。僕たち程度まだまだ可愛いもんだよきっと。

……目の前には、温かくもないのに毒沼のようにふつふつと泡立つお粥がある。粉末のバイオレット系着色料をぶち込んだら絶対それっぽい見た目になりそうなそれを、スクレは険しい目で見詰めながら、

「……それ、どうするの？」

「これからこれを誰でも食べられるようにアレンジするの」

「絶対不可能。ムリ。できない。ショウユウーかけても美味しくない。かけたことないけどこれはわかる」

うん。そういえば、以前スクレがこれを食べていたとき、醬油が勿体ないとか言ってかけてなかった覚えがある。いくら醬油大好きでも、さすがに醬油じゃぶじゃぶかけただけで食べられるようになるとは思わなかったのだろう。

「そうだね。こんな感じのヤツだし、そう簡単には美味しくなんてならないよね。だからきちんと手を加えるんだ。今日の僕にはその用意がある」

「それは？」

「というわけで、ここで取り出しますは、この食材！　この前【水没都市《すいぼっとし》】で見つけてきた大きな貝です！」

「『お化け蛤《はまぐり》』！」

僕がもうひとつのクロッシュを取って今日のキー食材を見せると、スクレの長い耳がぴこぴこ動いた。

『お化け蛤』。これは、迷宮深度18【水没都市】に生息する大型の二枚貝だ。見た目はデカい蛤で、神様謎翻訳でもやっぱり蛤って翻訳されるから蛤なのだろうと思われる貝。お化けとか単語がくっ付いてるし、なんか蜃気楼《しんきろう》を出す妖怪っぽい名前だなぁと思ったのはきっと僕だけなのだろうけど。

これ、外来種であるホンビノス貝よりもさらにさらに大きく、味の方は現代世界の蛤の旨《うま》さを数十倍濃厚にしたようなやべーやつ。

迷宮《ダンジョン》食材の中でも美味食材の一つとして数えられており、【水没都市】の保護生物である『合唱アザラシ《コーラスシィール》』と取り合いになるほど美味しい。【水没都市】の砂べりで日がな一日のんびりまったり日向ぼっこをしている白アザラシ君たちが、そのときだけ目の色を変えて動き出すのだからその美味さは保証されていると言っていいだろう。

僕がこれをこのタイミングで取り出したことで、スクレさんはどういうことなのか察したようで。

「……もしかしてこれを使うの？」

「そうだよ」

「ダメ。そんなの絶対許せない。食材に対する冒涜《ぼうとく》行為。死刑相当」

「いや死刑ってさ」

「食材侮辱罪に抵触する行い。断じて許されない禁忌」

僕の行為が罪深いと糾弾し、そんなオリジナル刑法まで持ち出すスクレさん。

「でもさ、このために採って来たんだし」

「ころしてでもうばいとる」

「なにをするきさまらー……じゃなくて！」

「だってこれそのまま焼いた方が美味しい」

「そりゃそうだけど……あれ？　スクレってこれに醤油かけたことはあるんだっけ？」

「――!?　まだやってない！　やる！　いまからやる！　絶対やる！」

スクレは色めき立って『お化け蛤』に手を伸ばす。

「ちょ、ちょっと！　待って！」

「ころしてでも……」

「天丼やめい！　というか予備が、予備があるから！　落ち着いて！」

とまあ、スクレと二人、ロマンシングな英雄伝説《サガ》のアイスソード的な冗談はそこそこにして。

『お化け蛤』の予備（一個目）を、虚空ディメンジョンバッグから取り出したクーラーボックスから取り出すと、スクレは交換とばかりに銀貨数枚をテーブルの上に置いた。

「お買い上げでありがとうございます」

「正直全部買い取りたい」

「そしたら今日の企画が頓挫《とんざ》しちゃうよ」

「そんな冒涜的な儀式はやらない方がいい。絶対」

僕のこの試みは、冒涜的とまで断言されてしまった。あれか、見てたら正気度でも減るのか。1／1d6とか。この事実に気付いたら発狂しちゃうのか。まあ確かに象の像さんがお作りになられたスープみたいな気配は濃厚だけども。

スクレは、カセットコンロに網台を載せて、その上で『お化け蛤』を炙り始める。

じいっと『お化け蛤』を見詰めながら、口の端から涎《よだれ》を垂らすスクレールさん。誰もが認める美少女なのに、食べ物が絡むとどうしてこうポンコツ化してしまうのかこの子は。

「おいしい。これ絶対ショウユウーかけたらおいしい」

うむ、貝に醤油はうまいに決まっているのである。それは世の真理だ。間違いない。

しばらく火にかけていると、下から炙られた貝の口がぱっと開く。

　そこへすかさず醤油をかけると、熱々の貝殻に熱せられてぶくぶくと泡立ち、ふわっと香りが立った。

「ふあぁあああ……」

　恍惚《こうこつ》とした声を上げるスクレさん。

　熱々の貝の香りと醤油の焦げた香り。もうこれだけでご飯三杯はいけるだろう。

　熱々の『お化け蛤』を軍手で持って大きなお皿の上へ。

　まず貝から染み出した出汁と醤油が混じった汁なのだが、これがまあどれだけあるのかというほどの量。貝がデカいせいだけど、それにしてもたっぷり出過ぎだ。スープだけで一品になるほどある。

　スクレはすかさずそれを匙で飲んだ。

「おいしい！」

　次にぷりぷりの身を切り分けて、口に運んだ。

「…………」

　そしてこの無言である。

　ただひたすら、切り分ける、口に運ぶを一心不乱に繰り返しているスクレさん。この作業を邪魔しようものなら、きっと勁術《ジンシュ》の技のすべてをたたき込まれることを覚悟しなければならないだろう。塵芥《ちりあくた》だって残らない。爆熱神指とかで熱終だ。

というかほんと美味しそう。身を切ったときに染み出す貝の汁が食欲をそそって仕方がない。

というわけで、スクレは当分戻ってきそうにないので、そのうちに食材侮辱罪とかいうのに相当する犯罪行為を済ませておこうと画策する確信犯の僕。僕は正しいことをしているからね。

すでに水洗いと砂出しを済ませておいた『お化け蛤』を、大きな鍋に入れて水を張る。貝の出汁を煮出してから、メイン食材である『謎のお粥』を投入する。

そして大振りに切ったネギを投入し、そこで——

「大豆発酵食品の味噌を入れまーす」

「また知らない調味料」

「醤油を作るときに、絞る前のヤツと似たようなものだよ」

「ショウユウーの親戚」

「そうそう。要はそんな感じ」

我ながら大雑把で適当この上ない説明だったけど、スクレは味噌を指に取ってペロペロし出す。

醤油を持ってきたとき同様、日本人かお前はと言いたくなる光景だ。そんでスクレさん、やっぱりこれも好みなのか「これも好き」と言って満足そう。おそらくここにキュウリを持ってきたら、光の速度でなくなることは間違いない。

「……これ、入れるの？」

「入れるよ」

「アキラはこれで前科二犯。懲役刑相当」

「すでに前科者かい！」

スクレとそんなやり取りをしつつ、お粥に味噌を混ぜ混ぜ。

そして、『お化け蛤入り謎のお粥お味噌仕立ておじや』が完成した。

「できた！」

「できてしまった……こんな冒涜行為をみすみす見過ごすなんて、耳長族として不甲斐ない」

「蛤に夢中だった人がよく言うよ……まあいいや、食べてみよう」

「万に一つ、億に一つ、おいしくなる可能性に賭ける」

両手を組んでお祈りのポーズをするスクレさん。僕らで言う微レ存である。分の悪い賭けは嫌いじゃないけど、できることならやりたくないのが小市民の本音である。

そうして、お粥を口に運んだのだけれども。

「おいしくない……」

やっぱりそんな感想が聞こえてきたし、僕の感想もまんまそれだ。

「でも、食べれるようにはなったよね」

「食べられるようになっただけ。食材を殺してる。殺害。良さを一つずつ入念に潰していっている感じ。動機は怨恨《えんこん》」

「まったく反論できませんね」

あれだけあふれ出た貝の出汁が、お粥を入れたことによりなかったことになっているとかいう松尾さんや栗間さんもびっくりな消失マジックを文字通り味わわされた僕とスクレ。うん、裁判でも始まったら、どんな弁護人がいても勝てないだろう。楽器ケースに飛び込むしかない。タンスにゴーンで収益アップはもう二度とできないのだ。

しかしまさかこの妙な穀物の粥を入れただけで、ここまでうまさを殺しきれるとは、『謎のお粥』よ恐るべしである。

「食べるの?」

「ほ、保留にしようか、いまは」

情けないことを言ったけど、どうか許して欲しい。

でもやっぱり後味が悪いので、口直しをするべきか。

最後の『お化け蛤』を水を張った鍋にぶち込み、白濁してきたスープに味噌を投入。

スクレも、持ってきていた食材を入れて、具沢山貝の味噌汁が完成した。

「最初からこうすればよかった」

「まあ確かにそうだけどさ。それじゃありきたりだし」

「料理に刺激を求めても後悔するだけ」

「ぐっ、激辛好きじゃないから反論できない……」

ぐうの音《ね》も出ないことを言われつつ、味噌汁を椀に取り分けて、口に運ぶ。

「うまうま」

「あー、やっぱり貝の味噌汁はおいしい」

これだけならほんと絶品なんだけど、お粥を入れるだけであぁなるなんて、一体全体どうなっているのか。料理ってホント難しい。

スクレは長い耳をぴこぴこ動かして、機嫌良さそう。嬉しそうに味噌汁を啜《すす》っている。

一息ついたあと、スクレは保留にしたものを見て、げんなり。

「結局これはどうするの？」

「どうしようか……食べる？」

「それだとおいしさの余韻が消える。ダメ」

「ですよねぇ……僕が食べます」

僕が作ったんだから僕が責任を取らなければならない。

そんな風に諦めを滲《にじ》ませたとき、ちょうどタイミングよく知っている人物を見つけた。

「あ、リッキーいいところに――」

いらしい。

……この『謎のお粥』を食べられるようにするには、僕たちにはまだまだ時間が足りな

え？　リッキーはどうしたって？　彼には悪いけど、僕と一緒に絶望を感じてもらった。

大丈夫、お詫びに残りの蛤味噌スープとペットボトル入りコーラを何本か置いておいたから、それでお口直ししてくれるはずだ。テロではないよ。きっとね。

第35階層　恐怖!　緑青に煙る街!

はっきり言おう。いま、僕の気分はとても暗い。ちょー暗い。うん。たとえ控えめに言ったとしても、暗澹《あんたん》たるものというのは間違いないだろうね。

運動の嫌いな子の、運動会やマラソン大会当日の朝の気持ちとか。

作文嫌いな子の、読書感想文を書かなきゃいけない日とか。

夏休み最後の日のどんより暗雲立ち込める気分にだってきっと負けてない。

さて、一体なにが僕の気分をそんなどん底まで突き落としているのか。

そんなのもちろん、異世界の迷宮《ダンジョン》関連に決まってる。

そう、今日の僕の精神的コンディション激烈低下の原因は、自由都市フリーダ、ガンダキア迷宮三大ホラー階層の一つである、通称【街】が関係している。

関係というより、ぶっちゃけそれ自体がなんだけども。

ここ、正式名称を、【緑青《ろくしょう》に煙《けぶ》る街《まち》】という。迷宮深度は22。まあ僕のレベルだったら、お散歩とまではいかないけれど、油断しない限りはおかしなことにはならないだろうっていう深度設定の階層だ。

まあ、ここがヤバいのは、そういう「辺りを蔓延《はびこ》るモンスの強さがやベー」とかじゃないのだ。

内装は内臓です的な【内臓洞窟《ないぞうどうくつ》】みたいな僕のSAN値を1D6＋1とか2D10で減少させるタイプの階層って言えばわかると思う。

で、ここ【緑青に煙る街】は三大ホラー階層の別名通り、お化けが出るのだ。お化けって言っても、レイスとかモンスター系のお化けなんだけど。まあ僕からすればどっちもお化けに違いないよ。ジンとかデーモンとかファントムとかそういった細かい分類なんて僕にはわからん。地獄先生でも呼んできてプリーズ。

ともあれこの階層、お空は真っ暗。月明かりだけが煌々《こうこう》としている、夜のお時間だ。今日は僕お休みの日で、朝から潜りにきたわけだけど、この階層は【常夜《とこよ》の草原《そうげん》】と同じで常に夜という、どっかの神々的なスキームさんが運行表をめくるの忘れたみたいなことになってる階層である。ここで、「明けない夜はないんだぜ？」なんてよくあるかっこいい決め台詞は絶対に使えないだろうね。いやまあ別に明日が来ないわけじゃないんだけどさ。

それ以外にどんなところなのかと言うと、簡単に言えば朽ち果てた廃墟《はいきょ》群って感じだ。

中東とかの映像でよく見る壊れた町とかじゃなくて、どちらかって言えば、アメリカンな感じのものだ。ストリートが通ってて、そこを挟むように窓やドアに板が打ち付けられた家々が立ち並んでいるって感じのが、いくつもあるっていうような、まあそんなのそんなの。

こういうゴーストタウン的なところは、以前ライオン丸先輩と一緒に潜った例の【地下都市】を思い出すけど、あれとはまたちょっと違う。あっちも怖いけど、こっちの怖さはまた別だ。むしろお化けが出てくるからこっちの方が怖いまである。僕にとってはモンスターの強さよりもそう言った恐ろしさの方が切実だ。だからってあそこには二度と行きたくないけど。【内臓】？　【内臓】はここよりもダメに決まってておろう。

まあ、ピエロが出ないだけマシだけど。というかここにピエロがモンスターとして出てきた暁にはもう二度と絶対来ないだろう。第二の【内臓】だ。別に僕は道化恐怖症じゃないけども、夜に突然ピエロの恰好した奴が襲ってきたら誰だって怖いでしょおしっこ漏らして気絶する自信しかないわい。

というかそれがマジで出てくるステイツの方がこっちよりも怖いよ。あんなドッキリマジ死すべしだ。あんなこと平気でする奴らに慈悲を掛ける必要はないと思われ。

それはそうと、今日の僕は、なんとソロじゃない。最近ソロじゃないときが多いけど、今日は師匠と一緒だ。え？　師匠もお化けと似たようなもんだって？　大丈夫、それはすでに僕が口にして、ひどい目に遭わされたから。

いやー、前に行った【楽土《らくど》の温泉郷《おんせんきょう》】のときみたいに真の姿だったらとは思うけど、さすがにそれは師匠の状態をどうにかしないとならないし、その辺のことは僕が頑張らないと始まらないことだ。

「にしてもお前、足ガッタガタだな」

「だって仕方ないじゃないですか！　ここリアルでお化けが出るんですよ！　僕なんかレイだかゼロだかいうのの世界にまかり間違って迷い込んだ一般人みたいなもんです！」

「へえ、一般人な。魔法が使える奴が一般人か？」

「えっと、一般人じゃなくても、小市民ってことは確かかな？」

「お前もよく言うよな。まあ、そういうことにしといてやるよ」

師匠。いつものように黒い帯みたいなものにまとわりつかれ、周りに黒いオーラとか霧みたいなものが漂っている。性格の方はいつも通りで、平常運転だ。掴みどころがなくて、でも僕が一言多いときちんとお仕置きしてくる。

平常運転じゃないのは僕の方なんだけど。

「嗚呼《ああ》、なんで僕はこんなところに来てしまったんだろう……」

「ちょっとくっつかれたくらいで舞い上がって、さー行くぞーとか張り切りだした奴がなに言ってるんだよ」

「ああ。一時間くらい前の僕を呪い殺してやりたい」

「たとえ過去へ戻っても変えられなそうだな。お前、なんだかんだ生き方が刹那的だし」

「そんなことありませんよ。僕ほど慎重な人間なんてこの世にはそうそういませんって」

「慎重なのは認めるけどな。でもこうして私の口車と色仕掛けに乗せられてる時点でもうダメだろ？」

「くっ……師匠は卑怯《ひきょう》」

「卑怯ってほどのことかよ。お前の脇がゆるゆるなだけだろ？」

そんなことはない。女の子にくっつかれて舞い上がるのは男として仕方ないことだと思う。人間的に正しい反応だぞ。

でも、今日はどうして来られたって？　あれだ。もっと強い呪いにかかってるとあんまり恐ろしくないむしろこっちの方が強くなった気分になる理論だ。師匠シリーズである。ウニさんだウニさん。あと、バケモンにはバケモンをぶつけんだよ的理論も少しある。何が呪いなのかとかバケモンなのかとかは敢えて言う必要もないだろう。

「お前、いま何かよからぬこと考えただろ？」

「そそそそそそそんなことありませんよ！　僕がそんな師匠に失礼なこと考えるなんてあるわけないじゃないですか！」

「そう言ってる時点でもうバレバレなんだよ。タマをきゅっとしてやろうか？」

「ひぃっ！　それはやめて！　女の子になっちゃうからダメですぅううう！」

黒い帯の奥で手をにぎにぎさせるシルエットに、この上ない恐怖を覚える。一部界隈《かいわい》の人にはご褒美でも、そんな趣味のない僕には生きるか死ぬかの大問題だ。

逃げ惑う。ほんとそこはマズい。痛いし苦しいし、しかもワンチャン死んでしまうのだ。

なので、すぐに土下座で謝った。むしろその体勢が良かったのだろう。手を伸ばしても絶対に届かないところにあるため、諦めて許してくれた。「チッ」とか聞こえたのはきっと気のせい。

…………うん、そのうち何か別のお仕置きが出てきそうだけど、極力考えないようにする。逃げだって？　そうだよ逃げだよ。世の中、立ち向かう相手は選ばなければならないのだ。師匠に立ち向かうには僕のレベルはまだまだ足りない。ちょっと当てたらすぐ逃げる戦法でしか対応できないのだ。

「それにしても、今日の装備はまた随分な念の入れようだな」

「ここじゃ何が起こるかわかりませんからね。何があってもいいように、こうしていろいろ持ってきてるんです」

そう、ここに突入した僕の風体はいつもとちょっと……というかだいぶ違う。

サファリの上下はそのままだけど、頭にはサファリハットに代わって蝋燭《ろうそく》の付いた金輪を嵌《は》めている。近所の神社のお守りでカラフルな感じであり、神主さんがもってるわさわさした奴が付いた棒、御幣《ごへい》も準備。若干おかしなところがあるかもしれないけど、細かいところは気にしない。

ふいに師匠が、サファリジャケットのポッケからはみ出した紙を指さした。

「アキラ、その文字らしきものが書いてある紙はなんだ？」

「これですか？　これは近所の神社のお札です」

「オフダ」

「そうです。これでお化けを払ったり、寄り付かせなくさせたりするんです。なんかここでも実際効力あるみたいですし」

近所の神社の霊験《れいげん》あらたかなお札は、最初の潜行《ダイブ》以降、ここでの常備アイテムの一つとなっている。師匠に言った通り一定の効果があるようで、これがあるとレイスがこっちにすごい勢いで突撃してこなくなったり、『背後霊《バックゴースト》』にとり憑かれなくなったりするのだ。

「ふむ、確かにそこはかとなく力を感じるな」

「やっぱりあるんですね効果。近所の神社ってすげー」

近所の神社ありがとう。なんの神様が祀《まつ》られてるかは知らないんだけれど、いま僕は一応アメイシスのおじさんの信者だからお礼くらいしか言えないのである。

今度行ったときお賽銭《さいせん》で千円くらい入れようなんて学生にあるまじき暴挙に挑もうかと考えていた折。

「……なあ、お前私にそれ近づけようとしてないか？」

「え？　何言ってるんですかそんなわけないじゃないですかははーやだなー師匠ったら

またそんなこと言って僕を悪者に仕立て上げようとするんだからもうー」

「いつも言ってるが、お前の欠点はその口だな」

「あ、悪霊たいさーん!!」

「誰が悪霊だ誰が。まあ、私としてはむしろ張り付けてみてくれと言いたいけどな」

「やっぱり師匠の周りのこれにも効果あるとかなんですかね?」

「にしては力が弱いからな。効果があっても気休め程度でしかないだろう」

「そうですか……」

師匠にかかってるものは呪いなんじゃないかと思っていたが、やはり呪いっぽいものらしい。それなら効果があるかなと、まとわりついている黒い帯にお札をペタッとくっ付けてみる。

「うーん、なんか少し小さくなったというか細くなったというか……心なしかですけど」

「そうだな。ほんとに心なしか、だな」

「これをぺたぺた貼り付けまくってたら、帯の奥が透けて見えるかも――」

「なんか変態的な意味合いに聞こえるよな」

「いえこれはミステリアスなメカニズムを解き明かすために必要となる重要なファクターでして。僕はそれをイシューとしてアサインされたので、プライオリティの高いジャストアイディアを試さなければならず。もちろん師匠のアグリーやコンセンサスが必要ですけど。実際にそういうエビデンスを得ないとですね、こういうのは、レガシーも得られないというか」

「アキラ。難解な言葉を使って丸め込めるのは牧場の羊だけだぜ？」

「さすが師匠手ごわい」

そんな冗談を言い合いつつ、師匠は黒い帯でお札を掴み、ぺいっと捨てる。

もちろん、持ち物の確認が続くわけで。

「そっちの袋の中身はなんだ？」

「これはお塩ですよ。市販の塩化ナトリウム製品です」

「塩？　そんなもの持ってきて料理でも作るのかよ？」

「いえいえ、これをレイス系のモンスターにぶちまけてですね」

「もったいないな」

「いえ、お清めのお塩はこういう使い方が一般的ですし。むしろ僕の世界ではお塩お安いですし」

「塩が安いか。普通はこれを巡って戦争が起こるものだが」

「僕の世界も昔はそうでしたよ。いまは製塩技術が発達してますんでお塩で戦争なんて起こりませんけどね」

そう言って、瀬戸内海芸予《げいよ》諸島の島の名前がプリントされた袋に手を突っ込む。

「というわけで、くらえ、清めのお塩ー！」

師匠に一掴みの塩を投げつけたら、軽く手で払われた。

「ふむ、残念ながらそれは私のこれには効かないみたいだな」

「みたいですね……」

さっきのお札は効いたけど、こっちは全然だ。手で払った部分にも効果はナシ。となると、だ。セージを焚いたときの香りや煙でのお清めとかも無理なのだろうか。

師匠のこれは本当に何なのだろう。

「ほら、そろそろ行くぞ」

「了解です……っと、その前に」

青いたぬ……猫のロボットモーニングサン初代バージョンばりにだみ声を作り、リュックからこの日のために用意したメインウェポンを取り出す。

「てってれてってってー、インスタントカメラ～」

「またおかしなものを出したな」

「おかしい言うなし。これ、僕のおじさんがやってる骨董屋《こっとう》で交換してきたんです」

「ふん？　それは一体どういうものなんだ？」

「これを、こうパシャっと使うとですね」

適当な場所に向かってボタンを押すと、フラッシュが焚かれる。

やがて、写真が出てきた。

黒いままなので、少し待つ。すると、

「へえ！　面白いな……景色が紙に写し出されるのか」

紙材じゃないんだけどね。でもさすが師匠だ。写真なんかこの世界にないのに、一発でこれがどんなものかわかったんだもん。

「だがこれがいまなんの役に立つんだ？」

「これでレイスを写すんですよ！　さあこいお化け共！　いまだけ僕はお前らのことウエルカムだぞー！　こんな機会滅多にないぞー！」

「そう言う割には私の後ろに隠れるのかよ。ホント、ビビり拗《こじ》らせてるよなお前」

仕方ない。怖いものは怖いのだ。素直に認めるのが強者というもの。僕は弱者のカテゴリーだけど。

そんな風に、僕は師匠の後ろに位置を取りながら、モンスたちに呼びかけまくる。

だけど、こういったときはセンサーが働くのが世の常だ。

僕の情けない呼びかけに反応して出てきたのは、僕の大嫌いな『居丈高《スレンダー》』だった。

「うgyぁあああおAえあ!?　お前は顔を出すな！　お前はお呼びじゃないんだよっ！」

こいつほんと嫌いだ。いや僕がこの階層で嫌いじゃないモンスなんてどこであろうといないんだけどさ。

この『居丈高《スレンダー》』、全身真っ黒で全体的にのっぺりとした人型のモンスターだ。海外の心霊映像でよく出てくるタイプの霊みたいなヤツである。正直言って死ぬほど不気味。っていうか超怖い。冗談抜きに卒倒しそう。

こいつは他のモンスターと比べて行動パターンや思考ルーチンが異なっており、視界に入れても離れた場所で立ち止まるのだ。それで大丈夫かなーと思って視界から外すと、音もなく近づいてくる。

要はこいつ、だるまさんがころんだを仕掛けてくるのだ。まったくもって迷惑千万。

そんな遊びは友達や飼い猫とするものであって、決してモンスターとするものではないということをここで宣言しておきたい。目の前に来た瞬間、背中を向けた瞬間人生からゲームがオーバーとか正直ほんとシャレにならん。ホラーな遊びはゲームの中だけでやっていただきたいと思う常日頃から。

にしても、ほんとどうして迷宮《ダンジョン》のモンスターはどいつもこいつもだるまさんがころんだが好きなのだろうか。いや、人間追っかけ回すから常に鬼ごっこしてるようなものだけどさ。

でもってそんな『居丈高《スレンダー》』には、即座に雷の魔法をお見舞いしてやった。

雷の魔法を撃つ。相手は死ぬ、だ。身体がゴムでできてるっていうなら話は別だけど、そういう不思議人間は漫画にしか登場しないから大丈夫。こういうところはモンスで良かったとほんとに思う。ガチの幽霊とか魔法が全く効かなそうだから、ほんとそこだけ。そこだけはありがたい。ここ重要だ。

僕が師匠の後ろでうだうだしていると、やがてお目当てが出てきた。

「あ、レイスだレイスだ！　よぉし！」

ポラロイドカメラを構える。僕にとってはいまだけこいつは、銃火器みたいなものだ。

カメラ越しに覗《のぞ》き込んで、ピントを合わせて、パシャリ。

カメラを顔の前から除《よ》けると、レイスは……消えていた。

「ふおおおおおおおお!?　やった！　やったぞ！　マジで心霊カメラ！」

やがて、自動的に現像される。そこにはやはり、レイスの姿が写っていた。

「レイスを光に変換したあと、焼き付けて封印するのか。魔力をうまく使ったな」

「いやー、まさかこんなにうまく行くとは……」

フラッシュで一度レイスの存在を曖昧にしたあと、シャッターを開けて映像ごとフィルムに焼き付け、封印したのだ。

できるかなとか思ってやってみたけど、ここまで予想通りに事が運ぶとは思わなかった。

ともあれ。

「これは、海外のとあるゴーストタウンで撮影された一枚の写真である。打ち捨てられて久しい廃墟群は、なんともいえないもの寂しさが感じられる」

僕はそんなことを言いながら、師匠に写真を見せる。

「おわかりいただけただろうか？」

「…………」

「写真上部に、巨大な顔が見える。これは、このゴーストタウンを彷徨《さまよ》う怨念《おんねん》とでも言うのだろうか？」

そんな語りをしていると、やがて師匠が呆れ声を掛けてくる。

「アキラ、そういう妙な遊びは戻ってからにしろよ」

「そんなこと言わないでください！　この妙な遊びを本気で仕事にしてる人だっているんですよ！」

「暇人だなぁ」

でも、心霊番組はなんだかんだ見ちゃうのだ。

テレビ局の人、もっと心霊番組増やしてお願い。いや、まあいまは夏だろうが冬だろうがユアチューブに一杯あるけどさそういうのは。海外のヤツとか結構怖いのがあるし。昔みたいに世の子供を夜のトイレに行けなくさせてしまえ。

「やべー！　レイスだけだろうけどフィルムがある限り無双できる！」

「ちなみに出てきた『しゃしん』はどうするつもりだ？」

「もちろんファイヤーですよ！　心霊写真で投稿するにもなんか写り方が嘘くさいです

し」

「そうです！　この世にある僕の精神的安定を崩そうとするものは全部撲滅です！　滅！　滅！　滅！」

「ほんとかわいそうになるくらい必死だな。ウサギの方がまだ図太いぜ？」

「僕の世界のウサギはもっと繊細なんです。この世界のウサギはなんでああなんですか！　ウサギの皮を被ったナマケモノとかカピバラとか言われても信じますよ！」

「知るか。ほら、また一つ彷徨い出てきたぜ？」

「冷蔵庫に入れてカチカチにしてやるぁあああああああ!!」

僕は狂気の叫び声を上げながら、片っ端から写真を撮りまくる。

おばけなんかうそじゃないぜマジさである。

そんな風にひとしきりレイスと戦った？　あと。

「はー、はー」

「一歩も動かずに息を切らせるなんて随分器用なことができるな」

「ししょー。ししょー？　ねえ、もうそろそろ帰りません？」

「なんだ。まだ来たばかりだぜ？」

「燃やすのか」

「そうですけど」

「それに、お前の言う無双ができてるだろ？　なのになんで帰りたがるんだ？　腹いっぱいになるまで復讐《ふくしゅう》してやれよ」

「いえあの、こういう暗くて不気味なところって、いるだけで精神的にガリガリ削られるんですよ」

「そんな風に思っているからそんな気持ちになるんだ。それに、ここには、お前の言う癒し動物もいるだろ。ほら、あれだ。『無貌の羊《ノーフェイスシープ》』が。会いに行くか？」

「はぁ？　僕はあれを癒し動物とは認めませんよ！　なんですかあれ！　羊のぬいぐるみと飛騨《ひだ》のお土産のさるぼぼを合体させたようなやべー妖怪は！　顔ないんですよ！　僕なんか初めて来たときリアル『むじな』をやられたんですからね！」

　そう、僕が奴を癒し動物だと信じて後ろから助けを求めるように近づいたときだ。振り向いたそいつには顔がなかった。もちろんリアルに「ほんぎゃぁああああ！」という悲鳴を上げてしまったくらいビビったさ。

「そもそもあれどうやって生きてるんですか！」

「口があればまあなんとかなるんだろ」

「目と鼻もください！　そこはどうか退化しないで！」

　そう言って肩を上下させたあと、大きなため息を吐く。

「ねえ師匠、さすがにもうここは一人で来てくださいよ。僕も結構ギリギリで限界でチョップなんです」

「……嫌だ」

「どうしてですかぁ？」

「どうしてもだ。お前だってここに一人で来るのは嫌だろ？」

師匠にしては珍しく僕に頼ってくれてるみたい。

そんなこと言われちゃったらなー、僕も悪い気はしないなー。

「ふふふ、師匠はそれだけ僕のことを頼りにしてるってことですね」

「そうだな。それは間違いないな」

「な、ならもうちょっと頑張っちゃおうかな」

うん。師匠が素直に僕を頼りにしてくれていることがちょっと嬉しくて調子に乗ってしまった。

普段頼りにされない人から、頼りにしてもらえるのってなんだか嬉しく感じてしまうあれだ。

…………当たり前だけど長続きはしなかったんだけどさ。

階層外　僕の幼馴染みは食いしん坊かもしれない

今日の僕はド・メルタの自由都市フリーダ……じゃなくて、現代世界の日本の地元にいる。

何も僕は常に異世界で過ごしているわけじゃないから、当然現代世界での生活っていうものもあるのだ。基本的には家で家族と一緒に過ごしたり、学校に行ったり、友達と遊んだり、勉強したりと、まあそれなりにありふれた学生ライフを送っている。

……魔法を使えるようになったり、レベルが上がっていろいろ能力が向上したりしているため、すでに普通の男子高校生の括《くく》りからは随分と逸脱しているんだろうけども。

正直な話、こちらの世界では特筆するようなイベントなんてものほとんどない。

僕は部活動はやってなくて帰宅部員。

友達と遊んだとか。

新しくできたお店で買い食いをしたとか。

学校の行事だとか。

あっても朝のニュースでテロ事件の報道が少しあるくらいかな。まあ基本的にはいつものことだ。こっちでのことは特段取り上げることでもないと思われる次第。

「――最近アキから微弱な悪の波動を感じる」

登校中、突然そんな中二病も斯《か》くやな痛々しい台詞を言い放ったのは、僕の幼馴染みである正木尋《まさきひろ》だ。僕とは子供のころからアキ、ヒロちゃんと呼び合う仲で、朝は何か事件がない限りはだいたいいつもこうして一緒に登校する間柄である。

子供のころは一緒にヒーローキックの練習をした親友で、僕がよく使う『雷迅軌道《アメイシスオービット》』を用いたイナズマキックも、ヒロちゃんとの練習の賜物《たまもの》なのだ。もちろん僕のキックよりヒロちゃんのキックの方が強力無比なのは言うまでもないことだろうけど。レベルはどうしたって？　そんなの関係ねぇなんです。

ほんと人間ってとんでもないなとしみじみ思う今日この頃。可能性の塊すぎる。

「ちょっとヒロちゃん、悪の波動ってさすがにその台詞はこじらせすぎな感じがひどいんだけど」

「別にこじらせてなどいない、平常運転だ」

それが悪いのだとは、あえては言うまい。せめてＴＰＯに即してくれればいいものを、ところ構わず正義のなんたるかを語り出したり、悪をシバきに行ったりするのは控えられないものか。いや悪をシバきに行くのは全然良いんだけどさ。

悪がどうとか事件がどうとかといえば、最近向こうでは晶石杭《しょうせきくい》盗まれ事件が頻発していると聞いた覚えがある。

ともあれ、いちいちシュババっとヒーローポーズをとるヒロちゃん。何かあればヒーローポーズを欠かさないのは子供のころからいつものことだ。

「アキ、最近近くに何か悪いヤツでもいるんじゃないか？　そこはかとない悪の波動を感じるぞ？」

「ヒロちゃんほんとそういうの敏感だよね。僕よりも」

「当たり前だ。日本の平和を守るヒーローたるもの、常に悪の気配に鋭敏でなければ、弱き者を助けることはできない」

そう言って、一人大きく頷くヒロちゃん。

うーん。悪、悪……わかりやすい悪と言えば……師匠だろうか。そんな属性がありそうなのはあの人くらいだろう。悪と言うよりは『あく（ま）』的な属性だけれど。師匠が闇（属性）のオーラを振りまきながら不気味な含み笑いを見せる姿がありありと浮かんで来る。いつものヤツだ。それ以外は特に悪関連はないと思っているけど、もしかしたらモンスと接触しているせいというのは否定しきれないだろう。

「そういえばヒロちゃんさ、最近忙しいの？　この頃は放課後も時間取れないみたいだし」

「ああ、最近は怪人どもの活動が活発でな。よく悪さしてるんだ。今朝もニュースでやってただろう？」

「あー、うん」

新手のテロ組織が駅前のモニュメントを派手にぶっ壊したとか、よくある話だ。なんであいつらはそういった都市のシンボル的なものを毛嫌いしているのかは謎だけども、なんだかんだこっちの世界はこっちの世界で忙しいのだ。

僕みたいな一般小市民代表にはほとんど関係のない話なんだけども。

ともあれ、しみじみとした様子で話を続けるヒロちゃん。

「……この前もにゃんダインの中の人が海鮮怪人七人衆のズワイガニゴンとタラバガニラスにやられてな。にゃんダインが活動不能に追い込まれる事態になったばかりだ」

「…………へぇ、そうなんだ」

「ああ、そうなんだ」

……なんか僕の知らないところで、ヒロちゃんはいろいろと大変そうだ。

にゃんダインは確か、ヒロちゃんのチームの猫モチーフの着ぐるみマスコットだったはずだ。ヒロちゃんたちの活動中は大体、一般市民の避難誘導をするか、拡声器を用いてヒロちゃんたちの応援をしているかどちらかのことをやっている。

暑苦しい着ぐるみを着ているのも大変だけど、そのうえ改造怪人にまで気を付けなきゃいけないとかお仕事の難易度バカ高いと思われ。

ときどきテレビのテロップで『専門家の指導のもと〜』とか、『高度な訓練を受けています〜』とかでてくるけど、実際そういったことはきっとないのだろうと思われる。

でも確かに『弱い奴から狙え』は戦術の基本だと思う。けれども、もともといてもいなくてもあんまり関係ないのを倒したところで、打撃にもならないと思うんだ。その辺りどうなんだろうか。ちゃんと考えてるのか改造怪人どもよ。だからお前たち毎度毎度連戦連敗なのではないか。

というかヒロちゃん、中の人とか言うなしそんなのいないし。

「で、それで大丈夫だったのその人？」

「まあなんとか重傷で済んだな。うん」

「そうですか。重傷ですか。重体とか重篤よりはマシだよね…………ってそれ済んだって言わないから。死ななきゃOKみたいなの末期《まっき》過ぎるよほんと」

あまりにブラックなことを口走る幼馴染みのヒロちゃんに、僕は呆れを隠せない。私が死んでも代わりはいるもの的な台詞は自分で言うからいいのだ。他人が言ったら鬼畜でしかない。というかその辺、悪役の台詞なのではないか。

「というわけで、いまは絶賛、中の人大募集だ。アキもアルバイト感覚でちょっとやってみないか？　時給も結構良いらしいぞ？」

「アルバイト感覚で命かけたくない。そもそもそんな話聞いたあとにやるって奴なんているわけないでしょ。重大事故発生率高すぎだよ。工場勤務も真っ青だよその事故率。まず割に合わないからねそのお仕事」

「大丈夫だ。ズワイガニゴンもタラバガニラスもすでに倒してある」

「なら大丈夫……って理由にはならないよ！　この前のヤシガニーZと合わせても三人でしょ？　まだ他に四人いるよねその怪人たち」

「うむ。マグロ首領《ドン》にケガニーンV、ザリガニラーにデスロブスターだな。どれもみな強敵だ。きっと復讐《ふくしゅう》に燃えているだろうな」

「さらにハードル高くなってるわ！」

僕が突っ込むけど、でも、ヒロちゃんはうんうん頷いてる。

この海鮮怪人七人衆も妙な集団だ。この前の食肉怪人四天王、ハンバーグ先生、マスターステーキ、ヤキニクティーチャー、豚勝老師とかいう名前がかぶってる系の奴らも大概だったけど、首領《ドン》だけ何故か魚類モチーフだし、あとはみんな甲殻類。と言うかケガニーンVとか毛蟹モチーフなんだろうけど怪我《けが》してそうな名前過ぎて痛々しいのは言わなくてもいいことか。ちなみにVはブイじゃなくてボ◯テス的にファイブだ。その辺りお間違えのないようよろしく頼みたい次第。

「そういえばケガニーンVは倒されたという噂《うわさ》を聞いてな」

「噂？　他のヒーローが倒しちゃったとか？」

「いやな、話によるとなんでも外国人の銀髪の女の子が物凄い掌底を放って吹き飛ばして爆発四散させたとかで――」

「…………」

うん、なんかそれ、物凄く覚えがある。僕はその光景一から十まで見たわけじゃないけど、この前スクレールをこっちの世界に連れて来たとき、変質者に流露波《リゥルウハ》を撃って、しかも変質者が爆発四散したという事件があった。もしかするとそれかもしれない。

悪はなんか滅びてた。

「この前も犬耳と尻尾を付けたどこかのヒーローが助太刀をしてくれてな。次に会ったときにはお礼を言わないとと思ってるんだ」

「…………」

それはきっとエルドリッドさんだろう。というかそんな早くから幻覚魔法解けてたんか。みんなヒーローって勘違いしてなかったらどうなってたやらである。

ヒロちゃんとそんなことを話していると、ふとヒロちゃんが申し訳なさそうに見つめて来る。

「アキ、それはそうと、ちょっと頼みがあるんだが」

「なに？」

「その……宿題をな？　見せて欲しいんだ」

「ええー、また？」

「仕方ないだろ？　ヒーローをやっていると宿題をやる暇がないんだ」

「とかなんとか言ってさ、ただ単に問題がわからなかっただけじゃないの？」

「そ、そそそそそそんなことあるわけないじゃないか!?　日本の平和を守るヒーローが宿題ごときわからないわけがなななななないじゃないか！」

「ちょっと動揺しすぎでしょそれ」

ヒロちゃんの狼狽《ろうばい》っぷりはあからさまだ。嘘が苦手な性格なため、ちょっと突《つつ》くところしてすぐにボロが出る。にしても、指摘されるのを予想しないのか。何かを交渉するときはあらかじめシミュレーションしておけと言いたい。

するとヒロちゃん、今度は懇願するような態度で僕に頼って来る。

「なあアキ、窮地に陥った仲間を助けるのはヒーローとして当たり前のことだろう？」

「いやいや僕はヒーローになった覚えはないけど？」

「そんなことはない。アキはこれまで何度も宿題を見せてくれている。ずっと助けてくれた仲間だ。つまり、アキのおかげで間接的に日本の平和が保たれている。すなわちアキも日本のヒーローなんだ」

「おかしな三段論法ヤメロし。平和とかヒーローって言葉があまりにも安っぽく聞こえるから」

宿題やって世界が救われるんなら、世の中は常に平和だろう。宿題やらない勢よりもやる勢の方が世の中圧倒的に多いはずだ。夏休み最後の三日は最も業が深くなるからその分相殺されるかもしれないけど。

「まあいいけどさ。ちなみにどこがわからなかったの？」

「ここだ。この、漢字の書き取りのところだ」

「………それ、普通にやればいいいんじゃないの？」

「普通にやれと言われても、知らない漢字はわからない」

「いやいやいや、辞書見ようよ」

「何を言う。辞書を見るのは卑怯《ひきょう》だろう？　カンニングだ！」

ヒロちゃんがまた『シュババババッ！』とヒーローポーズを取る。

「いや、こういうの辞書見るの前提だからね!?　覚えるための反復練習なの」

「先生はそんなこと言わなかった」

「そりゃあ常識だし、言わないよ」

「そうだったのか。くっ、盲点だった……」

「ヒロちゃんェ……」

そう、僕の幼馴染みのヒロちゃんは、強い正義感を持つ、超絶アホの子なのである。だから、卑怯とか、ズルとか嫌いで、頻繁にこういったことが起こる。弱きを助ける前に、まず自分で自分を助けた方が絶対にいいと思うんだけど。そこんとこどうなんだろうか。

「ほら、漢字の辞書貸してあげるから」

「くっ、中身を見たら何故か急に頭痛が……」

「ないない。気のせい気のせい。学校着いたら頑張ろう。ほら、応援してあげるから」

「いま私には応援よりも答えが欲しい……」

「最初から努力を怠ろうとするのはやめなさいって」

そんな幼馴染みに呆れつつも、僕は前日ド・メルタへ行ってきたときのお土産をバッグから取り出す。

「そうだ。これ、ヒロちゃんにおすそわけ」

「これは？」

「ナッツだよ。もしよければおやつにでも食べてよ」

これはもちろんのこと、ガンダキア迷宮で取ってきたものだ。グレープナッツとかいう、ナッツが葡萄《ぶどう》みたいな生《な》り方をした迷宮《ダンジョン》不思議食材の一つである。今回は家族に持ってきた分がちょっと多すぎたから、ヒロちゃんにおすそわけだ。味の方は間違いないと保証しよう。フリーダでは高値で取り引きされるし、アシュレイさんが僕の狩り場をしつこく聞き出そうとしてくるほど需要が高い。

しかもウチのお父さんはお酒のおつまみにしているうえ、これを食べてやたらと元気になった。肝臓的に。産地を聞かれたら『ニクロネシア』とか『レトアニア』とか一文字違いの適当な名前を吹いて常に偽装しているけど。大丈夫きっとわからないはずだ。

「ポリポリ」

噛むと、やっぱりナッツだからそんな小気味良い音が響くんだけど——

「もぐもぐ」

「おま、いま食うんかい!?」

僕のツッコミも聞いてか聞かずか、ヒロちゃんはナッツを手に持って嬉しそうな顔を見せる。

「おお！　アキ、これは美味いぞ！　絶品だな！」

「あのさぁ……」

「登校時間に私に渡すアキが悪い。改造怪人たちも真っ青な悪行だぞ。もぐもぐ」

「僕のおすそ分け行為をテロリズムと同様だというのかね君は」

「そうだ。許しがたい。もぐもぐ。これ、もっとないのか？」

「もうないよ。それで全部」

「ううん、これでは全然足りないぞ……授業が始まる前になくなってしまう」

「いや朝ご飯にするわけじゃないんだからさ」

「大丈夫。朝のおやつだ」

なぜ僕の周りは食いしん坊さんばかりなのだろうか。誰か懇切丁寧に教えて欲しい。

「ほんと授業中に食べちゃダメだからね？」

「それは難しいな」

「怪人倒すのと比べたら？」

「我慢する方が大変だ。空腹に勝る怪人などこの世にいないのだからな」

「だから日本の平和が安っぽくなるからそういうのやめようってば……」

食欲に負ける怪人とかなんぞ。むしろ最近はお肉や海鮮ばかりなうえ、ヒーローまで果物なんだからそれ食ってろまである。あといちいちシュババっとかキリってすんなし。

ふとヒロちゃん、自分の身体を不思議そうに眺め始めた。

「どうしたの？」

「いや……食べた途端に身体に力が溢れてくるというか」

「あー」

入手グレードの高い迷宮食材は基本的に超高栄養価だ。しかも、異世界産だからこの世界にはない栄養も含まれているかもしれない。もしかすれば仙◯みたいな効果があるのかもしれないね。

いやド・メルタでのでぇじょぶだ系アイテムは間違いなくポーションなんだけどさ。

「うん。これは日々の疲れが吹き飛ぶ。これでまた戦えるぞ」

そんなことを言って、身体に闘志をみなぎらせている。僕の幼馴染みさんは意外と戦闘狂なのかもしれない。

「それでアキ、さっきから気になっているんだが」

「なに？　どうかした？」

「ああ、いま私たちの後ろにな」

「後ろに？　なに？」

なんだろうか。ヒロちゃんはやたらそわそわ。まさか不審者でもついてきているのか。

ヒロちゃんにぶっ飛ばされ案件なのか。

僕とヒロちゃんが後ろを振り向くと、後ろには何もいなかった。

だけど、視界の端にエメラルドグリーンの体毛を持った小動物が映り込んだ。

カーバンクルくんだ。塀の上を悠然と歩いていて、振り向いた僕たちを見て首を傾げる。

「みゅ？」

「ちょっ、おぉおおおおおおおおおおお!?」

もちろん僕は叫ばずにはいられない。お見送りで玄関まで付いてきてくれたのは覚えているけど、そこまでだったはずだ。一体どこから脱走してきたのか。

カーバンクルくんは僕が気付いたのをいいことに、頭の上に飛び乗ってきた。ぐふっ。

このままではバランスが悪いので、すぐに両手で抱え直す。

「つ、付いてきちゃったの!?」

「みゅみゅ！」

カーバンクルくんは元気よく返事をする。若干嬉しそうな感じがするのは、どうしてなのか。いや、それはともかく、だ。カーバンクルくんはこの世界にはいない生態の不思議動物である。ここで勝手に出歩かれると、結構というかかなり困る。主に人の視線的に。現在進行形で僕の隣の人的に。

しかして、真っ先にカーバンクルくんの存在に気付いたヒロちゃんと言えば、

「アキ、その可愛い動物とは知り合いか!?　知り合いなのか!?」

「え、いや、知り合いというか、最近僕の家に出入りしてるというか……」

「そうなのか!?」

ヒロちゃんは目をキラキラさせている。さっきからやたらそわそわしていたのは、カーバンクルくんが可愛いからだろう。「どんなことをしたらこんな可愛い動物が家に出入りするようになるんだ……」と呟《つぶや》いている。

そして、すぐに両手を差し出すように伸ばして来る。まるでぬいぐるみをせがむ子供のようだ。いや、そんなことをまかり間違っても口にはできないんだけどさ。

「わ、私にも抱かせてくれ！」

「まあ、そうなりますよね……」

僕がヒロちゃんにカーバンクルくんを差し出すと、彼女はギュッと抱きしめた。

「ふわふわだぁ……」

「みゅ」

「えへへ……」

ヒロちゃんは可愛い成分の過剰摂取により、恍惚《こうこつ》の表情を見せる。

すると、カーバンクルくんがヒロちゃんに、ネコみたいに鼻チューをした。

「ぐふっ!?」

「ヒロちゃん!?」

しかして鼻チューの効果は抜群だったらしい。鼻チューのもたらす計り知れない衝撃力により、ヒロちゃんはバランスを崩してよろよろとふらつきだす。

転びはしなかったのは幸いだけど、その後のテンションの爆上がりはもう止められない。

「アキ、アキ！　この子うちで飼ってもいいか!?」

「いやそれはダメだよ」

「ズルいぞ！　私もこんな可愛い子に家に出入りして欲しい！」

「いやカーバンクルくんにも自由があるからさ」

「そうなのか、放し飼いにしているんだな……」

「え？　うん、まあ、一応はそういう形になるんだろうけど」

なんていうか僕的には飼っているというイメージじゃないんだよね。基本、異世界に留まるか現代日本に来るかは、カーバンクルくんの自由にしてもらってるものだから、感覚的にはお迎えしてるというのが正しいのかもしれない。

「名前はカーバンクルくんというんだな？」

「僕はそう呼んでるね」

「じゃあカーくんだな！」

「みゅ」

みんな全然違う名前つけるよね。なんでじゃ。

カーバンクルくんはヒロちゃんの腕の中から離れると、僕の通学カバンの上に乗って、もぞもぞしだす。前足でファスナーを開けていたのか、そのまま中に入り込んでしまった。

まるでタコつぼに入り込むタコのように柔軟だ。

器用だけど、もしかして学校まで付いていくつもりかこの可愛い系小動物は。

「……あのねぇ」

「みゅ！」

僕が困った顔を向けるも、カーバンクルくんは鞄《かばん》の中から頭だけを出して、顔をプイだ。

迷惑そうな僕の視線を無視するように、そっぽを向いてしまった。どうやら断固として家に戻るつもりはないらしい。もうどうすればいいのかこれは。

「……ヒロちゃんヒロちゃん、この子さ、ヒロちゃんとこの新しいマスコットキャラってことで適当に説明しておいてくれない？　宿題の貸しはそれで十個ぐらいチャラにしていいから」

「私は別に構わないぞ！　でも宿題の借りはもっと減らして欲しい！　できれば全部！」

「それはダメだよ。割に合わないもの」

「アキ！　ケチ臭いぞ！」

「どこがだよどこが！　ヒロちゃんには返してもらってない貸しがまだたくさんあるんだからね！　きちんと返してもらうんだから！」

「うぐぐ……」

それは自業自得だ。嫌ならもっと自分でどうにかする努力をして欲しい。

その後はもちろんカーバンクルくんを学校に連れて行って、クラスメイトに可愛がられることになるんだけど、まあそれは別のお話だ。

ふいにヒロちゃんが、僕が左手に提げていた荷物に目を向ける。

「そういえば、そっちの荷物はなんだ？」

「ああ、うん。学校帰りにおじさんのところに行くからさ。それでね、お土産を持ってくんだ」

そう、学校帰りに向かうのは、親戚の古物商のおじさんのところだ。

僕は学生だから、こっちの世界での換金手段というものが限られる。ド・メルタで手に入れた金貨を貴金属店に売りに行くにも、毎度毎度はできないし、それならばと向こうの世界で磁器やら美術品っぽいものを少しずつ仕入れて、おじさんに引き取ってもらっているのだ。

もっと手軽に大量に換金できればいいんだけど、こういうのの取り扱いは結構難しいね。おじさん曰く、「税務署の職員がアップを始めるから怖い」そうだから、僕もわがまま言えないし。

「アキはそんなものを一体どこから手に入れてくるんだ？」

「ちょっとねー」

「むう。教えてくれないのか」

僕が誤魔化したことで、ヒロちゃんはむくれ始める。

「ええっと……今度、今度ね。タイミングが合ったらさ、連れて行ってあげるから」

「そうだな。私もまだ忙しいし、平和が落ち着いたら絶対教えてくれ」

うん。ヒロちゃんを異世界ド・メルタに連れて行くのもいいかもしれない。

神様は友達連れてきても良いって言ってくれてるし、それにヒロちゃんはいつも大変だから、迷宮《ダンジョン》での冒険はいい息抜きになるはずだ。

しかもヒロちゃんならついでのついでにド・メルタに巣くう巨悪も倒してくれるだろう。ド・メルタに巨悪がいるかどうかはまったく全然わからないけど。いや、魔王はすでに先輩に倒されているから、そういうのはもうないのか。

というか平和が落ち着くとは一体どういう意義の言葉なのか。

「あ！　そういえば……」

そんなことを考えていると、とてつもなく邪悪な存在に接触したことを思い出した。あ、師匠以外でだけどね。

そうあれは確か数日前、正面大ホールの食堂に新商品が入ったときのこと――

階層外　ギルドの邪悪なおじいちゃん

僕が冒険者《ダイバーズ》ギルドに入ったときのことだ。

入り口付近で他の入場者の邪魔にならないよう、さて今日はまずなにをしようか、飲んだくれ友達そのいちや食いしん坊友達そのにを探しておしゃべりでもしようかと、正面大ホールでキョロキョロしていた折のこと。

ふいに近くで立ち話をしていた冒険者《ダイバー》チームの話し声が聞こえてきた。

「食堂に新しいメニューが追加されたらしいぜ？」

「お？　マジか。ずいぶんご無沙汰だな。えーっと、この前はなんだったんだっけ？」

「グレープナッツとはちみつのプディングだ」

「食堂にしてはまたえっらいまともなメニューだな。っていうかそれ、怪着《かいき》族が押しかける案件だろ」

「案の定押しかけて絶賛売り切れ中らしいぜ？　いまは調達先を探してる最中だと。そんで、今度もまたデザートらしい。前のが大好評だったからこの流れを切らずにどうにか乗っかろうって魂胆なんだろうな」

「おいしいものでありますように。おいしいものでありますように」

…………一部、ものすごい切実な声が聞こえてきたような気もするけど、僕もそれに関してはまったく同意だと言っておきたい。というか作ったらまずきちんと味見してくれと切に願う所存だ。ちゃんとテストキッチンでトライアルに掛けてくれ。上司に試食させろ。ぶっつけ本番で冒険者《ダイバー》を実験台にするような無慈悲な暴挙を働きまくるのはどうか本当にやめて欲しい。世の中どこでも下っ端にシワ寄せがいくなんて話、ファンタジーな世界で聞きたくない。

そんなんだから食堂のごはんがフリーダで活動し始めたばかりの新人冒険者《ダイバー》に立ちはだかる関門の一つとして数えられるのだ。これで篩《ふるい》に掛けてるんだって？　ほんと物は言い様だよね。マジ罪深い。

そんなことを考えて、まあどうせこんなのは僕の儚い願いなんだろうなと諦め気分でギルドの食堂を覗《のぞ》くと。

――新商品、ゼリー味のスライム。

「…………」

もうね、こんなの見ると言葉失くすよね。

ってていうかなんなんその究極なネーミングはさ。う◯こ味のカレーとか、カレー味のうん◯に通じるものがあるよ。そもそもゼリーそのものに味はないし、これはスライムを食えということなのかどうなのか。まったくもってわかりにくい。ゼリー味とか要らないこと書いて商品を優良に見せかけようとするなんて、景品表示法的に不当表示の規制で一回行政指導を受けた方がいい。むしろ受けろ。そしてどうか健全になって欲しい。

うん。だってこの世界でスライムって聞くと、どうしても僕は『粘性汚泥《ポップスライム》』を思い出してしまうのだ。こいつは冒険者《ダイバー》を毒で動けなくしたあと、人体を溶かして吸収してしまうというおしっこちびりそうなくらいヤバめの巨大アメーバ状生物だ。たとえ女の子が捕まっても薄くてえっちぃ漫画みたいにはならない。僕はすぐに倒しちゃうから見たことないけど、取り込まれると骨まで見えちゃうらしい。しかもポロリもあるそうだ。それがどことは口に出すのも憚《はばか》られる。こわい。ぐろい。

そもそもだ。この食堂は僕ら冒険者《ダイバー》にあんなものを食えというのか。これまでも『草のスープ』や『謎のお肉』の販売など、この食堂が走った暴挙にはそれこそ枚挙に暇はないほどだけど、今回のは群を抜いてヤバめである。

食べたら最後、内部から溶かされそうな気がしてならない。本当に食べてしまったのかとか言ってる暇とかない。原料が『粘性汚泥《ポップスライム》』でないことを切に願う次第。

……まあ、なんだかんだ結局買うんだけどさ。

「おばさんおばさん、この新商品ちょうだーい」

「アキラくんはこういったものにもの怖《お》じしないわねぇ」

「僕、これでも冒険者《ダイバー》ですから……っていうか冒険者《ダイバー》が恐れ慄《おのの》く商品を売らないでくださいよ」

「あはははは！」

「ちなみにこれ、原料『粘性汚泥《ポップスライム》』じゃないですよね？　毒キノコみたいに湯でこぼししたからとか、フグの卵巣みたいにぬか漬けにしたからとか、そんな毒抜きしたから大丈夫大丈夫無問題とかじゃないですよね？」

「あはははははは！」

食堂のおばちゃんは笑うだけだ。いやこれほんと笑い事じゃないんだってば。

まあ、いいよ。人生なんでもチャレンジが必要だ。当たり前だけど命懸けない程度にっていうのを僕は強くそれはもう強く推奨するけども。食堂で出せるってことは一応食べられるってことだから、やってみるしかあるまい。

さて、このゼリー味のスライム、どんな味がするのだろうか、僕は興味本位のみでパンドラの箱を開ける。一見、無着色の透明なゼリーだ。むしろ色味がないので味すらないような気にさせられるけど、まさか本当に味がないってことはないはずだ。きっと。

果たしてこれは、ドラゴンのしっぽをくすぐるような愚かしい行為なのか。

まあ『粘性汚泥《ポップスライム》』が出る階層のデカいゾンビーな怪獣は倒したことがある僕だけども、スプーンがマイナスドライバーにならないことを祈りつつ、椅子にお尻をランディングさせた折のこと。

ふと、視界の端になんかすっごいヤバめなものが映った。

――そう、そこにいたのは、途轍《とてつ》もなく邪悪な存在だった。

僕が目の当たりにしてしまったのは、食堂の端のテーブルを何食わぬ顔で陣取った杖を持ったご年配の男性だ。それだけなら、ただのどこにでもいそうなおじいちゃんだけど、身体の周りに濃密な邪悪オーラをまとい、何と言っても白目の部分――強膜が真っ黒に染まっているという形容がオマケでくっ付いている。

もう見た目がすっごく怖い。ぬらりひょんとか可愛いもんだよってくらいヤバい。ぬらりひょんなんて実際見たことないんだけどさ。

しかも、しかもだ。僕にはなんか見えてるけど、なぜか他の人間には見えないらしい。誰もあの見た目のインパクト強烈な存在に気付いていない。そこだけ、みんなまるで「俺たち護身が完成しちゃってまーす」みたいに避けて通って、別の席に座っている。

マズい。マジでヤバイ。師匠並みにヤバそうな存在だ。

「――そこの若いの、わしの姿が見えるのか？」

たぶんこの声は僕に掛けたものだろう。ふいに目が合ってしまったので、すぐにぷいと目を背けた。ここは気付いていないふり一択だろう。見えるのを悟られてはいけないタイプのホラーを僕はいまリアルに味わっている。僕は見える子じゃない見える子じゃない。

「お主、わしのことが見えるんじゃろう？」

「いえ、全然見えません。まったく。めちゃくちゃ邪悪そうなおじいちゃんなんてまったく全然見えるわけないじゃないですかーやだなー」

「いや認識しているから受け答えができていると思うんじゃが……？」

「あーあー！　幻聴がする！　幻聴がするなぁー！」

耳を手のひらでぽんぽんしながら喚《わめ》く。うん、ちょっとわざとらしかっただろうか。

そんな間も、邪悪おじいちゃんはずっとこちらを見て、全然目を離してくれない。僕のどこがそんなに気になるのか。別に僕の顔はイケメンとか可愛い系とかじゃなくて普通で十人並みだし、食べてもおいしそうには見えないだろうに。

ずっと注目されててもスライムだかゼリーだかが食べにくいから、少し近寄ってみる。

すると、

「お主も新商品に進んで挑もうとするなど、勇気があるの」

「いえ、これは勇気とかじゃなくて、おいしいもの食べに来た人間の義務と言いますか」

「開拓精神に溢れるの。そういう生き方見習いたいわい」

そんなの年齢的に今更なんじゃないかという突っ込みは一応喉の奥に引っ込めた。

ともあれ、

「……あの、急に襲いかかってきたりしませんよね？」

「心配せずともそんなことはせんよ。わしはほれ、こうして周りの人間たちを見ているだけじゃ」

おじいちゃんはそう言って笑い出す。

その笑い方がまた邪悪でさ。骸骨《がいこつ》がケタケタと嗤《わら》うような感じなので、もうホント怖いったりゃありゃしない。なんだか最近のフリーダはホラー要素が多過ぎないだろうか。いや、僕が自ら踏み入っているっていうのも少なからずあるんだけれどさ。

「心配せずともって、そんなに悪っそうな力を出しといてですか？」

「仕方なかろう。わしはそういった存在なのだからな。そうであろう？　生まれは誰も選ぶことはできんのだ」

「確かにそれはそうですけど」

「そんなところにいないで、もっと近《ちこ》う来い少年」

「いえ、僕は小心者でして、あまり刺激の強いところにはいかないようにしてるんです」

「よく言うわ。本気で小心者ならわしに声を掛ける前に卒倒しておるぞ？」

「あっ、じゃあこれからするということでその辺一つどうかよろしくしたいです。うわー、めまいがするよー」

「どうしてそんな風に自分を小心者枠にはめようとするんじゃお主は……」

ふらふら千鳥足という僕のいつもの小市民的ムーヴに、おじいちゃんはものすごく困惑している。僕は別に他の冒険者《ダイバー》さんたちと違って見栄で生きてるわけじゃないから、小心者だろうが臆病者だろうが全然いいのだ。命あっての物種。生きてるだけでなんとやらである。

まあこのおじいちゃん、敵意がないので大丈夫だろう。邪悪な気配バリバリで悪の波動が感じられるけど、僕の悪人センサーには引っかからないからまあきっと悪いことはしない人だと思われる。むしろそれがないから近づいてみたまであるのだ。

ただね、気になるのはさ。

「……あの、ちなみにですけど、こうしてお話しして呪われたりとかはしないですよね？」

「残念じゃがもう遅い。わしと話をしたら他にわしが見える者を三人見つけてわしと会話させなければお主に不幸が訪れてしまうのだ」

「……おじいちゃんおじいちゃん。不幸の手紙は書いちゃいけないって昔学校の先生に習わなかった？」

「ふむ？　似たようなものがすでにあるのか。では三人ではなくて十人に……」

「ダメって言ってるのに増やすなし！　というか僕を不幸にする気満々か！」

「カカカ。まあ、冗談はさておき、話をしようではないか。誰もわしのことが見えんからな、誰かと話すのも随分と久しいのよ」

「え？　なにそれじゃあ僕いま独り言喋《しゃべ》ってる痛い人になってるんじゃ？」

「そうじゃな。哀れな少年じゃの。可哀想すぎて涙が出てくるわい」

「それおじいちゃんのせいでしょ！」

突っ込みを入れると、おじいちゃんはまた「カカカカ」と不気味に笑い出す。

周りを見てみるけど、誰も僕とおじいちゃんのことは見ていないし、話もしていない様子だ。どういうことなんだろう。おじいちゃんの作り出した不思議時空に巻き込まれたのだろうか。

「っていうかおじいちゃん、どうして他の人には見えないのさ？」

「見えないようにしているからじゃよ。まあ、なぜかお前さんには見えるみたいじゃがの」

ならその術を解いたらいいいんじゃないのとか思ったけど、それを解いたらギルドは大パニックだ。こんなとんでもない邪悪オーラをガンガン放出しているおじいちゃんがいたら、大騒ぎになること請け合いである。

「というか、おじいちゃん一体ここで何してるの？　もしかして冒険者《ダイバー》の壊滅を虎視眈々《こしたんたん》と狙っているとか？」

「そうそう。まさにその通りよ。にっくき冒険者《ダイバー》たちに悪夢を見せるために日夜ここでその動向を窺《うかが》っているのよ。カカカ……」

「おじいちゃん結構ノリいいね」

「そうじゃろう？　こう見えて昔はくっそ真面目だったんじゃが、主上ほんとノリ悪いですよねーとか部下に言われたのが結構ショックでな。極力冗談には合わせるようにしているのよ。部下に見放されたら終わりじゃからの。ワンマンはいつか滅びを招くぞ」

「なんか上に立つってのも大変ですね」

「ほんとにのう。だからいまは楽隠居で悠々自適よ」

なんというか、よく聞きそうな苦労話の一端だ。いや、きっと全世界どこでもある話だろう。下も大変だけど、上も大変というわけだ。

「じゃあホントに悪いことは考えてないんだよね？」

「そうとも。わしはこう見えて平和主義なんじゃ。暴力はあまり好きではなくての」

「うん、絶対説得力ないよね。おじいちゃん世界の果ての大きなお城で豪華な椅子に座って沢山の怪物従えてるとか、あとは大都市の一角の地下で秘密の実験を行ってる超絶邪悪マッドとか、千年生きた大妖怪とか、そんな類でしょ？　お前に世界の半分をくれてやろうとか素《す》で言ったことありそう」

「……カカカカ」

「いや、笑ってないで否定してよ。どれか当たりなの？　ねえ？　洒落になんないんですけど」

「まあ、わしが悪さをせんというのは本当に本当じゃよ。ここにいるのが楽しいんじゃ」

「ここで座って冒険者《ダイバー》を見てるのが？」

「おお、そうじゃよ？　冒険者《ダイバー》たちの人間模様は楽しいし、時折溢れてくる嫉妬や恨みを吸い取ったりするのがこれがまあやめられんのよ」

「前半はまあわかるとしても後半すごくきついですね」

確かに邪悪さマシマシだ。そんなの吸い取るなんて……いやまあ以前そんな奴ヒロちゃんがぶっ倒してたけどさ。

……とまあそんなこんなで最近僕は、邪悪で愉快なおじいちゃんと知り合いになってしまったのだ。

あと、アレ。あのヤバイ奴。一番重要なスライム味のゼリーだかゼリー味のスライムだかの話。

諸兄はご安心召されよ僕の身体が内部からどろどろに溶けてしまうとかそういうバッドエンドはなかったから。

「おばさんごちそうさま。はっきり言っておいしくなかったー。っていうか味がまったくしないのはマズいよりも犯罪的だと思うんだけど」

「だろうねぇ。あははははは」

なんていうか、味付けナシでこんにゃくとか寒天とかを食べた気分だ。

というか、おばちゃんおいしくないって言われてなぜ笑顔でいられるんじゃい。

おいしいもの作る努力をして。ほんとして。だから毎度毎度迷宮《ダンジョン》に潜ってもいないのにひん死になる人がいるんだぞ。そこんとこよく考えて欲しい次第である。

第36階層　ウサギのたまり場

今日僕がいる場所は、お話での登場頻度がすこぶる多い場所【森】だ。

みんな大好き迷宮《ダンジョン》難度５【大森林遺跡《だいしんりんいせき》】である。

いやね、ここって他の階層の通り道だからどーしても来なきゃいけない場所なんだけどもさ。

これから先の階層に行く人たちとか。

先の階層から戻ってきた人たちとか。

薬草摘《くさむし》りをする人たちとか。

そんな人たちなどなどだ。

そんなこんなで、ここを歩けば必ず冒険者《ダイバー》の姿を見る。

ここ、階層としてはかなり広大なんだけど、普通の冒険者《ダイバー》は先の階層に行く実力が付くと基本的に経由地としてスルーするようになってしまうから、よほど欲しいものがない限りは歩き回らなくなる。先の階層に行けるようになってある程度稼ぎが安定すると、薬草《テア》じゃ旨《うま》みもあんまりないしね。

まあそんな風に最初の通り道でもだ。ここは安全地帯《セーフポイント》がきちんと整備されていたりする。もし廃れたところに冒険者《ダイバー》が迷い込んでしまったら……なんて事故を考えてのことらしい。別の階層から避難してきた冒険者《ダイバー》のための備えにもなるしね。こんな日当たりぽかぽか気持ちいい散歩道が、エベレストの山頂のようなことになっては目も当てられない。環境はいいけどモンスが出るからプラマイゼロだ。

それで、いま僕は深度の高い階層から帰っている途中である。

抜け道や裏ルートの開拓がてら、僕的に安全が確保されている比較的深い階層を探検したあと「ええいままよ！」と飛び込んだ先がここだった。

おそらく場所は森の一番端っこの方、奥まった場所だ。それでも通常ルートを通るよりは距離も短縮されてるし、移動に関しては楽なんだけど。

そしてそして、今回の収穫は、【常夜《とこよ》の草原《そうげん》】で採れた巨大ニンジンである。サファリバッグから葉っぱが飛び出し、茎の根元が顔をのぞかせている。葉っぱを背負っているように見えるから、まるで草地の迷彩装備をした軍人さんさながらではないだろうか。ミリタリー系の服に身を包んだら、サバゲー感たっぷりだと思われ。ギリースーツギリースーツ。むしろ頭ブロッコリーに見えるかもしれないくらいもさもさだ。正直な話、僕の視界もギリギリ限界だったりする。

……うん、ニンジンいらないよ的な龍玉作品のキャロットをもとにした名前ネタをやったオールドタイプのパイロットさんにとっては、まったく悪夢のような代物だろう。きっと慈恩《じおん》の精神が形になったのだと思われ。栄養的に。知らないけどさ。

でもまあ綺麗なオレンジ色をしているからきっと大丈夫だと思われる。なんとなく迷宮食材的に高βカロテン食品だと想像しておこう。きっと食堂のおばちゃんが引き取ってくれるに違いない。ダメだったら持ち帰ってカットしてしれっと冷蔵庫の野菜室にぶち込むだけだけど。それにしてもこの世界はデカい食べ物が多いなあとつくづく思う次第。増産できたら食料問題に寄与できるんだろうなとか思うけど、僕は農家さんじゃないからそんなことはできないのだ。僕みたいなモヤシっ子に畑で戦う体力はないのである。

そんな感じで、安全地帯《セーフポイント》に到着した僕。

ここはいくつかのコテージの周りに、晶石杭《しょうせきくい》がざっくばらんに置きっぱなしになっている適当ぶり。放置ゲームもびっくりなくらい放置し過ぎなんじゃないかってくらいボロボロだ。

だいたいの【森】の安全地帯《セーフポイント》は、小さなキャンプ場をイメージしてもらえればわかりやすいと思われる。三角形のバンガローとレンガを積んだ簡易かまどが置かれており、申し訳程度の木の柵で囲われているのが大体のデフォだ。

他にさっきクソデカニンジンを採ってきた【常夜の草原】なんかもここと同じ感じだね。

まああそこは一大拠点である『不夜砦《ふやとりで》』があるから、本当に緊急なとき以外はみんなそこに行くんだけど。あそこにある『眠らずの妖精亭』の『きのこのソテー』は、みなさん是非ともご賞味あれ。料理と銘打ってるくせに、そのまま焼いただけのものを出すなんていう堂々とした詐欺行為を働いているけど、きのこの味は間違いないので許されている。もちろん注文の際は醤油とバターの事前準備が必須だということを諸兄には伝えておこう。マジ絶品である。

前にミゲルたちと遭遇した【灰色《はいいろ》の無限城《むげんじょう》】の場合は、部屋をそのまま使用して、大広間っぽいところなどは、その部屋の周囲に晶石杭を設置するのだ。あとは【黄壁遺構《おうへきいこう》】も部屋を利用するね。大掛かりなところだと【屎泥《しでい》の沼田場《ぬたば》】かな。あそこは毒沼とか底なし沼とかばっかりだから、適当には作れない。なので、まずそこそこの規模のキャンプを敷設する必要がある。しかも毒とか酸とかでやられるから毎度毎度補修しなきゃならないというすこぶる面倒臭さを発揮するのだ。

晶石杭を設置する建築系のプロ集団に完全装備してもらったあと、複数の高ランクのチームに依頼を出して、みんな重装備で挑まなきゃならないという、年に何度かある大イベントの一つだ。アシュレイさん曰く、なんでも僕もお呼ばれするリストに入っているのだとか。無傷で何度も行き来して、あそこにいるゾンビーな巨大怪獣の核石《かくせき》を回収してるからしい。正直なところ勘弁して欲しい。僕はあそこ、師匠が行きたいって言わなかったら行かない場所だし。自ら足を踏み込むときは、本当に必要なものがあるときくらいなのだ。誰だって車酔いのときみたいな気持ち悪さを味わいたくはないだろう。うげーである。怪我《けが》はしないけど精神的に参るんだぞ、ということは常に言い続けていきたい所存。

ともかく、今日僕がたどり着いた安全地帯《セーフポイント》のことだけど。

まあなんていうか、もふもふだった。

そう、もふもふ。

「っていうかどうなってんのこれ……」

訂正、たどり着いた安全地帯《セーフポイント》には、大量の『歩行者ウサギ《ウォーカーラビット》』たちがいた。この場合は大量ではなくて多数のウサギと言い直した方がいいんだろうけど、いっぱいいい過ぎるせいでつい大量って言葉が出てきてしまった。それくらいもふもふしているということをご理解いただこう。毛玉天国である。

そんでもってここのウサギさんたち。思い思いに、ごろんしたり、箱座りをしたり、寝そべったりしていた。

この辺りはミントやシソばりに繁殖力の強い「おいしくない葉っぱ」がそこらじゅうに群生しているので、それを牧草代わりにもしゃもしゃ。

当然、アナウサギのほりほりをする習性のせいでそこら中でっかい穴ぼこだらけという惨状となっている。埋める人でもいれば安全だけど、ほんと周りは落とし穴の罠《わな》だらけ。

落とし穴は調合素材を含めて三つまでということを厳に守って欲しい次第。最近のは持ち込みには制限あるけど、キャンプで補充できるシステムみたいね。いい時代になったものだ。お守りバグ不対応の件とかは決して許されないけどさ。

他のウサギも、自分のぽっこりおなかを使って、ブルドーザーさながらにしきりにスィーを敢行している。

そんな感じでこの安全地帯《セーフポイント》は完全にウサギたちに占拠されていた。

まあ、こいつらも魔物は鬱陶《うっとう》しいだろうから、こうして魔物が寄り付かないここにいるんだろうけど。

それにこんな奥の方にある安全地帯《セーフポイント》だと、あんま人来ないだろうしね。それで居付いちゃったというわけなんだろう。僕らの世界のウサギは縄張り意識強いけど、ここのウサギはみんなで協力し合うから、ケンカも全然しないみたい。多頭飼いが容易でウサギ飼いのオーナーさんには夢みたいな生態だけど、こいつら一匹でも飼えば食費問題で消費者金融から自己破産へまっしぐらであることは疑いようもなく確定的に明らかだろう。あの巨体だ。どんだけ食べるかなどは想像するに難くない。

ともあれこのウサギパラダイス、ウサギ好きの人には堪らない穴場だろう。例の「ウサギさんだいすきクラブ」とかいう非合法組織に誤って教えようものなら、保護区と銘打って武力で占拠しに来るだろう列強ムーブをかますことは容易に想像が付く。まさにオールハイルしないブリテンや書院とは関係ないおフランスさながらの畜生さを発揮することは疑うべくもないことだ。いやここを植民地にしたところで得られるものなんて一銭にもならないだろうけどさ。癒しはプライスレスって言うなら話は別だけど。

ここにいるウサギたちはまったりモードなのか、僕のことなんか全然まったく気にする様子もない。ときどきちらっとこっちを見るけど、こっちも気を遣って距離を取っているので、動き出そうともしないというか野生ほんとどこいったという有様だ。完全に家飼いのウサギさながらである。

だけどここ、なんかおかしい。安全地帯《セーフポイント》であるはずなら、いくら遠いからとはいっても冒険者《ダイバー》たちが使いやすいよう綺麗に整備されているのが普通だ。なのにもかかわらず、辺りは荒れ放題で人の手が入っているようにはまったく見えない。

「バンガローの造りもかなり古いなぁ。もしかしてここって、すでに放棄された場所？」

その可能性はある。放棄されてかなり経って、そのまま忘れ去られてしまったのかもしれない。

「そういえば晶石杭が置かれてるだけだ」

この『モンスター除《よ》けの晶石杭』って、地面に杭のように打ち込まれてるのが普通だ。設置のされ方は規則性があったり、ランダムだったりと場所によってバラバラだけど、だいたいどこも綺麗な感じにしてある。

でも、ここはそう言った計画性とか規則性とかがまるでなく、はっきり言って乱雑とか適当だ。むしろぶん投げて転がしてあるっていうのがしっくりくる。

うーん、もしかすればこいつら、他の安全地帯《セーフポイント》から晶石杭を引っこ抜いてもってきたのではないだろうか。少し前くらいからこれの盗難事件が頻発してるっていうし、ほんと無茶苦茶やるわ。ニンジン泥棒よりたちが悪い。マグレガーさんもびっくりだ。

僕がしれっとした態度で適当な場所に腰を下ろして休んでいると、子ウサギたちが集まってくる。ネザーランドドワーフ種で、オレンジカラーやチンチラカラーなど多種多様。子ウサギといっても、子ウサギ（一メートル以上）であるため、みんな僕ぐらいの大きさがあるから結構圧がすごいんだけど。

「うひゃあ！」

顔を近付けられたせいで、僕は驚いた声を上げてしまう。

大人のウサギと違って、なんだかすごく好奇心旺盛だ。

なんていうかさっきからずっとクンクンされまくり。僕は彼らに一体何を調べられているのだろうか。犯罪履歴とかそういうのだろうか。罪状は犬ふれあい罪とかありそう。ウサギは犬系に対して警戒心が強いもの。エルドリッドさんは除くけど。

そんな風にひとしきり調査が入ったあと。

ふと子ウサギが、僕の背中を見詰めていることに気付いた。

子ウサギがじっと見ているのは、僕のサファリバッグから飛び出た巨大ニンジンの葉っぱだった。

やがてその子ウサギはちょーだい、というように短い前足を差し出してくる。

「いや、これは僕の収穫だからあげられないよ」

ウサギは首を振ると、実ではなく葉っぱの方に短い前足をぴょんと伸ばした。

「ん？　あー、そういえば」

僕たちってウサギのことは、どこぞのピーターでラビットな絵本のせいで、幼少期からニンジンを持って行くっていうイメージが脳みそに刷り込み学習的に植え付けられちゃってるけど、実際ウサギは実じゃなくて葉っぱを好んで食べるのだ。家で飼われているウサギの主食はペレットかもしくは牧草などの葉物ばかりだし、たまに食べさせて果物くらい。ニンジンの実の方は薄切りにして乾燥させてやっとこさ食べるって子が多いっていうのもよく聞くね。大概は顎すりして終わりよ終わり。

「こっちはいる？」

僕がニンジンの実の方を指で示すと、子ウサギは首を横に振った。

やっぱり実の方はいらないらしい。

……こっちも別に実さえあれば引き取ってもらえるのだ。こっちでは現代みたいに形が悪いと店に出せないみたいなそんなルールもないみたいだし、大丈夫大丈夫。

上の葉っぱくらいなら、あげてしまっても構わないだろう。

「オーケー、葉っぱならいいよ」

そう言って、クソデカニンジンの葉っぱを根こそぎむしり取って、子ウサギたちに分け与える。

みんな渡すまで大人しく待ってくれる辺り、こいつらはかなり知能が高い。

やがて、子ウサギたちはすごい勢いでもしゃもしゃ食べ始める。

「うーん、癒されるなぁ……」

ここにいるのは、ものを盗っていたずらしたり、変な絡み方をしてこないからいい。遊びたいウサギは外に出てて、ここにいるウサギはみんなまったりお休みモードなのだろう。

見てるだけで癒される。セロトニンだかなんだかが分泌されて、心がとても穏やかだ。

今度ストレスのデカい階層に行ったあとはここに来るのもアリだろう。

ちょっとお邪魔して、癒されスポットとして使わせてもらうのもいいかもしれない。

エピローグ　天然はちみつ、市販のチョコレート

平日の午後、学校から帰ったあとは異世界へ行って冒険をするのが僕の大体のルーティーンだ。綺麗な景色を見に行ったり、おいしい食べ物を食べたり、迷宮《ダンジョン》に入ってレベル上げをしたりするのがいつもの流れ。レベルの方は最近伸び悩んでいるので、いろいろ考えなきゃいけないかなと思っているんだけど、まだ行動には移していない。

明日から頑張る的な考えのもと、さーて今日は正面ホールでまったりのんびり過ごしていようかなと考えながら、受付周りを散歩していたカーバンクルくんを背中のリュックの上に乗せて、冒険者《ダイバーズ》ギルドの奥の方へ向かう僕。

ギルドの憩いの場である食堂には、すでにたくさんの冒険者《ダイバー》たちの姿があった。

みんな思い思いに、ギルドの新メニューを口にするという冒険を試みて悶絶《もんぜつ》したり、食堂三大ゲロマズ料理に手を出して果てしなく後悔していたり、無難に外の屋台で買ってきたせいで、周囲から裏切り者めいた扱いをされたりと、行動はもう様々だ。

「いつも通り、阿鼻叫喚《あびきょうかん》だね」

「みゅ」

カーバンクルくんも、こんな光景はもう見慣れたものだろう。ウチに来ていないときは基本的に受付辺りをテリトリーにしているため、遠目からでも正面ホール全体の様子が観察できる。

一人と一匹、毎日のように繰り広げられる冒険者《ダイバー》の舌と食堂の料理との攻防に、なんとも言えないような呆れの視線を送っていた。

そんなときだ。

「あ、クドー君だ」

「あれ？　その声は……」

聞き覚えのあるハスキーな声に振り向く。するとそこには、一体のモンスターが立っていた。そう、モンスターだ。背丈は僕より数センチほど高く、体毛は真っ白くてモフモフふわふわ柔らかそう。全身にはユキヒョウみたいな黒い斑紋が浮かんでいる。

「んー？」

絶対に二足歩行なんてしなそうなモンスが、器用に二足歩行してるという妙な感じだ。また眼科受診案件が増えるよ。この世界は目を疑う光景でいっぱいだ。自分の視覚への信頼度がダダ下がりする。

「あれ？」

いや、よく見ると毛皮を丸まんま着ているだけだった。鼻から下の部分もきちんと出ていて、人間だということがわかる。モンスターじゃない。背中には武器らしき大きなハサミも背負われているし、冒険者《ダイバー》で間違いない。

……そもそも、そもそもだ。僕は聞き覚えのある声を聞いて振り向いているのだ。そこから考えればいい。

「……もしかしてリンテさんですか？」

「それ以外にある？　そんな胡乱《うろん》な目を向けられるのはすごく心外なんだけど、普通の人じゃなくても傷つくよ？」

「いやいやそんな恰好《かっこう》で言われましても……」

見分けなんて付くものか。だって全身着ぐるみパジャマみたいに繕った毛皮を被っているんだよ？　出ているのは鼻から下の部分だけだし、これだけで誰かわかれって言われても、難易度が高すぎて無理があるよ。スーパーワ◯ャンランドのモザイクあて並みの鬼畜加減だ。もちろん難易度はＫＡＭＩＳＡＭＡ　ＭＯＤＥである。たてがみが青いライオンとか、緑色のクマとか、２Ｐカラーのさそりとか、謎の空き缶マジ許さんからな。

「つい何日か前に会ったばかりなのにもう忘れちゃうなんてひどくない？　脳みその領域きちんと人間関係に割いてる？」

「いや忘れてたら名前すら出てきませんて。僕はこれでも覚えは良い方ですよ？」

ちょっと一部《リッキー》の人から文句が出そうなことを言ったけど、出会った人のことはきちんと覚えておく方だ。むしろリンテさんは我が強いからそうそう忘れない部類に入る。

「ま、確かにこの恰好じゃあわからないか」

「今日のは前に着ていたものと違いますね」

「そうだね。前に君が無理やり脱がせたヤツは汚れちゃったから」

「ぶっ!? ちょっとリンテさん人聞きの悪いこと言わないでください！ ここ食堂ですよ!? 食堂！ みんないるんですから！」

「えー、でも事実でしょ？ 嫌がるボクを無理やり魔法で拘束して、身体にも触ってさ……」

「わーわー!! ちょっとリンテさん!?」

いまのいままで平然としていたリンテさんは、突然泣き崩れるような仕草を取り出した。そのまま僕にチラチラと視線を送りながら、様子を窺《うかが》うように泣き真似を続けている。

まるで貞操を無理やり奪われた少女のようだ。いや僕は見たことないからわからないいんだけどさそういうの。

その話は他の冒険者《ダイバー》たちの耳にも届いたのか、周囲がざわざわし始める。

「ち、違うんです！ 誤解です！ 濡れ衣です！ 冤罪ですぅううう！ あれは回復魔法をかけるためだったんです！」

僕は誤解を解くために大急ぎで火消しにかかった。周囲の人たちに説明して回って、大慌て、大わらわだ。

ってていうかリンテさん、言ってることが全部狙いすましたように事実だってのがタチが悪い。危うく社会的に抹殺されるところだった。突然の殺し屋ムーヴとかマジ勘弁して欲しい。人は簡単に死ねるんだぞマジで。

一方、周囲の人たちは意外とすんなり納得してくれたので、僕はすぐにもとの席に戻ることができた。

でもリンテさんはその手の話を続けたいらしい。

「だって回復も脱がせて触るための口実かもしれないじゃん？」

「リンテさんリンテさん、もうその話は勘弁してくださいよ……」

「そうだね。冗談はこれくらいにしとこうか」

「…………」

僕が恨めしそうな視線を向けても、リンテさんはどこ吹く風だ。舌をぺろりと出している。面の皮が厚すぎて、僕の力ではその守りを貫通させられない。マイペースな様子で僕の隣に腰掛けて、小さな壺を取り出し始める。壺は怪着《かいき》族の人がよく持ってるヤツだ。この人は師匠とはまた違う感じで手ごわすぎる。

「あ、今日の毛皮のことだっけ。これはボクのお気に入りの一つだよ。この前の黒いのが血で汚れちゃったから、違うのを着て来たってわけ」

「毛皮、結構持ってるんですね」

「そうだね。良さそうな魔物の毛皮はコレクションしておくから」

「集めるの趣味なんですか？」

「種族の人間なら大概みんなそうだよ？　お気に入りの皮はみんな取っておくし、好きなように加工するからね」

うむ、なんでも怪着族の身に着ける特徴的な毛皮はハンドメイドなのだそうだ。いやまあ、この世界の裁縫技術だと全部ハンドメイドだから、特に驚くようなことではないんだけどさ。

「でもギルドで見る他の怪着族の人は腰巻とかマフラーとかにしてますよ？」

「そこは氏族で違うとかじゃないかな？　ウチの方は伝統的に被るものを作るのが多いし、他でも頭の皮を加工して被ってる人とかいるでしょ？」

「いますね。ちなみに他にはどんなのをお持ちなので？」

「他の？　空ザメを改造したのとか、ここらでは見ないけど、『恐竜男《サウルスマン》』とかもあるね」

「サメに恐竜て……」

リンテさん、可愛いものが多いかなとか思ったけど、結構ゲテモノも持っているらしい。空ザメとかまだ既視感あるけど、『恐竜男《サウルスマン》』とか一体なんなんだ。ＴＨＥ・ダイナソー的なヤツでも出てくるのか。っていうかこの世界のモンスのバリエーションほんと多すぎ概念壊れる。

そんな話をしていた折、カーバンクルくんが小さな壺に興味を示す。壺に鼻を近付け、クンクン。かなり気になっている様子である。

「この子、最近受付に出入りしてる子でしょ？　珍しい動物だよね」

「そうですね。あまり見かけないらしいですよ？」

「ふーん。つまり、レアなんだ」

レア。その言葉を口にしたときのリンテさん、やけに目が細まった気がした。

「みゅみゅみゅみゅ!?」

一方でカーバンクルくんは彼女が発した『ただならぬ気配』を察したのだろう。すごい勢いでリンテさんを見るや否や、自分の毛皮が狙われるかもしれないとでも思ったのか、すぐさま僕の反対隣りに隠れてしまった。

「あはは、そんなことしないよ。もっと大きくなきゃ着れないしね」

「みゅ……」

リンテさんは笑い飛ばしているものの、カーバンクルくんはまだ警戒を解かない。カーバンクルくんにとっては、自分の毛皮を剥《は》がされるかどうかの瀬戸際なのだ。

僕の陰に隠れながら、シャドーボクシングの要領で、前足をしゅ、しゅと動かして「やるかこのやろー」的なムーブを取り始める。これはこの前、家のリビングでテレビを見ていた影響だろうか。勇ましい雰囲気を醸し出してはいるけど、どんどん後ろに下がって行っているところを見るに、怖気《おじけ》づいているのは明白だ。

僕としても、通り魔怪人カオハギーの再来はマジ勘弁願いたい。ほのぼのした物語が一瞬にしてサイコ・ホラーになってしまう。アイツが倒されるまではマジで日本がヤバかったもの。

僕はカーバンクルくんを抱き寄せると、膝の上へ。突然間合いが詰まったせいでカチンコチンに硬直するも、そこをリンテさんが撫でると、すぐにネコやウサギのように液状化してしまった。

ぺたり。

「みゅ〜」

相変わらず撫でられるのが好きな動物である。

「ちなみにその壺の中には何が入ってるんですか？」

「これ？　はちみつだけど？」

「……ですよね」

わかってた。うん。わかってたさ。怪着族だし。でもさ、一応聞いてみたいっていうのが人情じゃん？　もしかしたら、万が一にも、他の人とは違う物が入ってるっていうこともあり得るわけだしさ。怪着族はちみつ大好きすぎ問題は相変わらずだ。

「やっぱりリンテさんも、指に付けてペロペロするんです？」

「ボクはしないよ。ボクはこれで食べるの」

リンテさんはカーバンクルくんを撫でるのをやめると、小さなスティック状にしたパンらしき穀物粉由来の食べ物を取り出す。

要はそれにはちみつを付けて食べるのだろう。おやつだ。

「なるほど、そういう風に食べるんですね」

「当たり前でしょ。指に付けてたらいちいち拭かなきゃならないしさ。もったいないでしょ」

「ペロペロ舐《な》めとってる人とか見ますよ」

「なんか意地汚く見えそうであれは嫌なんだよね」

それ、怪着族の人ならいまさらなんじゃなかろうか。お腹減って行き倒れになるのがデフォだしさ。もはやお腹の減り方が試練《シレン》や盗猫《トルネコ》の満腹度だ。腹減りの呪文とか作ったら、特攻で一撃死とかになりそう。

そんな話をしている間に、リンテさんはスティック状のパンをはちみつに付けておやつタイム。お好みの味なのか、口元が随分と緩んでいる。

四つ目を口に咥《くわ》えた辺りで、こっちを向いた。

「ねえ、君は何か食べないの？　食堂に来てるんだから、何か食べるつもりで来たんでしょ？」

「いえ今日は単にふらりと寄っただけで」

「じゃあ何か持ってない？　ジャムとかでもさ」

「僕の手持ちですか？　というかナチュラルに集《たか》りに来てません？」

「うん」

　リンテさん、こういう部分マジ素直。食欲をまったく隠していない。さっき意地汚いの嫌だと言ったのは一体何だったのか。集るのは意地汚くないのか。

　まあ僕もおやつタイムしたいしいいけどさ。

　さて、持ってるものと言えば、なんだろうか。怪着族的に食べるなら甘いものがいいだろうし、だけどこの前レヴェリーさんに好評だったハニーシュガーのパンは持ち合わせてはいない。さて、良さそうなものはあるだろうか。

　何かないか何かないか何かないか……一時的に未来から来たネコ型ロボットになって虚空ディメンジョンバッグを漁る。

「あ、そう言えばこれがあったね」

　僕が虚空ディメンジョンバッグで見つけたのは、チョコレートと生クリームのパックだった。なんでこんなの入れたかは忘れたけど、たぶんこっちに持ってきて誰かと何かのパーティーをしようとしたんだろう。

　やっぱり忘れたのは最近ショックなこと多すぎたせいかな。

「それ、甘い匂いがするね」

「……まだパッケージ開けてませんよ？」

　リンテさんは板チョコのパッケージに顔を寄せて、さっきのカーバンクルくんみたいに鼻をクンクンさせる。毛皮を着こんでいるせいで、角度によってはマジでモンスみたいに見える。

　僕はカセットコンロと小鍋を取り出すと、温めた生クリームに砕いたチョコレートをぶち込んだ。あとはよくかき混ぜるだけ。これでおしまい。お手軽チョコレートフォンデュである。

　リンテさんがそわそわしながら、横目で覗《のぞ》いてくる。

「ふーん。いい匂いしてるし、おいしそうじゃん？」

「そうですね」

「……いい匂いしてるし、おいしそうじゃん？」

「それ、いま言いましたけど？」

「あのさ、いい匂いしてるし――」

「食べたいなら食べたいって言ってくださいよ……」

さっきからゲームのNPCみたいに定型文しか口にしなくなったリンテさんに、僕は呆れるしかない。

でも、リンテさんはやはりリンテさんだった。

「そこはボクに食べやすいように差し出すまでがセットだと思うんだけどな？」

「なんていうか、もうなんていうかね……」

どうしてこんな感じなのかこの人は。いやリンテさんなりの冗談みたいなものではあるんだろうけど。素直に頂戴《ちょうだい》とか言えないのかここの人たち（一部）は。

リンテさんはフォンデュの海に、さっきの小さなスティック状のパンを半分ほどつけると、口に運んだ。

次の瞬間、僕のお隣から叫び声が上がった。

「お、おおおおおおおおおおおおおおおおお!?」

僕が何事かと驚いて振り向くと、リンテさんはパンを手に持った状態で硬直していた。

顔は驚きのまま、口の中にパンがいまだ入ったままであるため、声は多少なりともくぐもっていたけれど、クールそうな彼女にしては結構な声量だ。チョコの味が相当衝撃的だったのだろう。

やがて驚きから回復したのか、残りのパンにチョコをたっぷりつけて、またもぐもぐ。

すると勢いよく僕の方を振り向いて、両肩を掴んで震度6くらいの揺れ方で揺らしてき

た。

「く、クドー君クドー君！　これこれこれこれ！」

「りりりリンテさん!?　揺らし過ぎ揺らし過ぎ揺らし過ぎ！」

「これおいしいよ!?　どういうことなの!?　一体どうなってるのさ!?」

「それはともかくまず落ち着いてください！　テンション高い高いしてますって！　言ってること支離滅裂ですよ!?」

「落ち着いてられる場合じゃないよ！　こんな甘くておいしいものがこの世に存在してるんだよ!?　重大事件だよ重大事件！」

「わかりました！　言います！　言いますから一度離して！」

僕がそう言うと、リンテさんは肩から手を離して揺さぶり攻撃から解放してくれた。

でも、追及の言葉は止まらない。両手をがばっと上げてモンスターのように威嚇してくる。がおー。

「それで、これ、なに!?　なんなの!?」

「チョコです。僕の住んでるところにあるお菓子です」

「こんなおいしいお菓子がこの世にあるだなんて……」

「ま、まあ、まだあるんでどうぞ」

僕はまずリンテさんに落ち着いてもらうために、チョコを生贄《いけにえ》にして気を逸らす。

一方でリンテさんは恍惚《こうこつ》の表情を浮かべながら、一心不乱にパンにチョコを付けて口に運ぶ作業を繰り返している。なんかすごく幸せそう。

喜んではもらえたみたいだけど、でも、これ結構ヤバいんじゃなかろうか。なんか食べさせてはいけないものを食べさせちゃった気がしないでもない。

いやまあ、怪着族×チョコっていう時点で十二分に考えられたことではあるんだけどさ。糖分的に。

僕がやらかしたことを反省している一方で、リンテさんはと言えば。

口元をさっきよりもだらしなくさせて「うま……うま……」と言いながらまるでゾンビのように、パンをチョコにつけては口に運ぶ、つけては口に運ぶという単調な行動を繰り返していた。彼女のクールな印象はすでに地平の彼方へ吹き飛んでいる。

もちろん僕も食べるので、市販のワッフルとかバナナとか出そうかなと虚空ディメンジョンバッグを開けた。

「みゅみゅ」

カーバンクルくんがテーブルの上に乗って、今度はフォンデュの鍋に興味を示した。

「あ、これはカーバンクルくん食べられないんだよ」

「みゅ……みゅみゅ!?」

カーバンクルくん、お手本のような二度見である。まさか食べられないものだとは思わなかったのだろう。

だけどさすがにチョコはマズいよ。猫ちゃんにあげると中毒起こすって話だし、小動物にカテゴライズされるカーバンクルくんにもよろしくなさそうというか絶対よろしくない。

「みゅみゅ！」

カーバンクルくんはと言えば、ダメと言われて怒り出す。

しかも僕を威嚇しているのか、後ろ足で立って、前足を大きく広げた。

さっきのリンテさんの真似をしたんだろうけど、カーバンクルくんがやると完全にレッサーパンダのあれだ。「みゅーみゅー！」と声を上げて「こっちにもよこせー！」みたいな感じだけど、可愛さだけが爆増して、ほっこりしかしない。

「ダメだよ。死にそうな目には遭いたくないでしょ？」

「みゅ……」

穏やかな表情で撫でていると、目を三角にして僕の指を咥え始めた。また魔力を吸う気だろう。腹いせに魔力吸うとかなんなのかこの小動物は。まあいいけどさ。

「ほら、カーバンクルくんにはこれあげるから。これで機嫌直してよ」

そう言って、チュ○ルを取り出す。するとカーバンクルくんは「仕方ないから許してやる」とでも言うように不服といった様子で鼻を鳴らした。でも、チュ○ルはおいしそうにペロペロしている。どいつもこいつも素直じゃないのはなんでなのか。

そんな風に、カーバンクルくんの方が一段落着いた折だ。

「クドー君、チョコだっけ？　おいしかったよ」

「それはよかった――へ？　おいしいねじゃなくて、おいしかった？」

見ると、ない。小鍋の中のチョコがない。どこにもない。全部余さず掬《すく》い取ったのか、綺麗さっぱりなくなっている。チョコがあった形跡すら存在しない。チョコをパンでぬぐい取ったときに残る筋すらも、だ。光の速度でなくなった。あまりにも早すぎる。

「ちょっとリンテさん!?　僕の分はどこいったんですか!?」

「……………うん。ボクのお腹の中だね」

「どうして残しておいてくれないんですか！　チョコと生クリームなんですよ！　チョコはともかく、生クリームについてはそれなりにお値段するんですよ！」

「ごめんごめん。気付いたらなくなってたんだよ」

「お願いですから食べ物で自分を見失わないで！」

「それは無理だよ。だってボクは怪着族だよ？」

「説得力すごいけどなんか納得いかない！」

「そもそもチョコを出したクドー君が悪いんだよ？　そこはボクに出したらどうなるかって想像力を働かせないと」

「そうですけど！　そうですけれども！　なんかうまく丸め込まれてる気がする！」

実際、怪着族だし仕方ないとか思えてしまうのがなんとも言えないところ。

「でもまあ、さすがに申し訳ないことをしちゃったね」

「それは、まあ、そうですね」

「そんなことないですよ、とかは言わないんだ」

「言うわけないじゃないですか。人の優しさに付け込まないでください。そんなこと言ったら最後、じゃあいいよね、とか言われて有耶無耶《うやむや》にされるんです。僕知ってますからね」

「君、結構疑り深いんだね」

日本人的に「大丈夫。全然かまいませんよ」と引きつった笑顔で、本音をぼかして建前を言うのは絶対によろしくない。断らないといけないところはきちんと断る。そうしないと異世界の荒波は乗り越えられない。

ふと、リンテさんが考え込むような素振《そぶ》りを見せる。

やがて、僕が納得しそうな対価を見つけたのか、口を開いた。

「じゃあ今度キミにタダで雇われてあげるよ。それならいいでしょ」

「雇われ……？　あ、そう言えばリンテさん迷宮傭兵でしたね」

「そうそう。基本的に深度40くらいのところまでは付いていけるかな？　あんまりそこまで行く冒険者《ダイバー》はいないけどさ」

「……リンテさんって結構レベル高いんですね」

リンテさんは「まあね」と言って、席から立ち上がる。これから迷宮《ダンジョン》に行くのだろう。

「チョコごちそうさま。次に会うときもまた用意しておいてね」

「また集る気なんですね……」

「失礼な。今度はきちんとお金払うよ」

「わかりました。じゃあ適当に持っておきます」

妙なところ律義なんだなと思いつつ、僕はカーバンクルくんと共に立ち上がった。

そんな折、リンテさんが僕の肩を叩く。

「じゃあ、行こうか」

「え？　行くってどういう……？」

「いま雇われてあげるって言ったでしょ？　ほら、行くよ迷宮《ダンジョン》」

「きょ、今日ですか!?」

「あれ？　これから潜るんじゃないの？」

「それは、そうですけど……」

「じゃあちょうどいいじゃん。大丈夫、きちんと役に立つからさ」

そんな感じで、今日はリンテさんと一緒に迷宮《ダンジョン》に潜ることになった。

あとがき

皆様お久しぶりです。作者の樋辻臥命です。

『放課後の迷宮冒険者』第四巻！　発売しました！　おめでとうございます！　ありがとうございます！

いつもあとがきを書くとき、ここで「おめでとうございます！」なのか、「ありがとうございます！」なのか、複数媒体あるせいかわからなくのるので、今回は両方書いてみました！

なんか一人芝居みたいになってしまいましたが……いつも本作をお手に取っていただき、本当にありがとうございます。

さて今巻はアキラくんがエルドリッドを現代に連れて行って一緒に遊ぶ、というお話から始まり、新しい「ヒロイン？」の登場回でもあります。それ、実は二人くらいいたぞ！という、作者に不都合な真実にお気付きになってしまった方は、ＳＡＮ値を回復させてもう少しお待ちくださいませ。そのうち本格的に登場しますので……。

エルドリッドと遊んだりと楽しい部分はもちろん、彼女の過去に少しだけ触れたり、リンテの出番がえっちい部分を含めて増えたりと……ＷＥＢにはないお話が展開されます。

もちろんＷＥＢでもあった醬油バターコーンのお話や、ハマグリを醬油で焼いたお話などもあります。夜に読むとふいに食べたくなるステーキの付け合わせのコーンもそうですが、焼いた貝はうまいぞ！　僕はあんまりハマグリ食べたことないけどな！　あとサザエも！　北海道は産地が限られるので……。

メシ回、増やすことができたかな……。

なんか与太が挟まりましたが、書籍版では作品の雰囲気に影響がない程度で、ちょくちょくそれぞれの過去のことも掘り下げてみたいなと思っている次第です。もちろんメシ回はマシマシで行きたいです。

では最後に謝辞といたしまして、ＧＣＮ文庫様、担当編集Ｋ様、イラスト担当のかれい様、株式会社鴎来堂様、応援してくださっている読者の皆様、本当にありがとうございます。

ファンレター、作品のご感想をお待ちしています!

【宛先】
〒104-0041
東京都中央区新富 1-3-7　ヨドコウビル
株式会社マイクロマガジン社
GCN文庫編集部

樋辻臥命先生 係
かれい先生 係

本書はWEBに掲載されていた物語を、加筆修正のうえ文庫化したものです。

この物語はフィクションであり、実在の人物、団体、地名などとは一切関係ありません。

GCN文庫

放課後《ほうかご》の迷宮冒険者《ダンジョン・ダイバー》④
～日本《にほん》と異世界《いせかい》を行《い》き来《き》できるようになった僕《ぼく》はレベルアップに勤《いそ》しみます～

2024年3月25日　初版発行

著者　樋辻臥命《ひつじがめい》

イラスト　かれい

発行人　子安喜美子

装丁　森昌史
DTP／校閲　株式会社鷗来堂

印刷所　株式会社エデュプレス

発行　株式会社マイクロマガジン社
〒104-0041　東京都中央区新富1-3-7　ヨドコウビル
［販売部］TEL 03-3206-1641／FAX 03-3551-1208
［編集部］TEL 03-3551-9563／FAX 03-3551-9565
https://micromagazine.co.jp/

ISBN978-4-86716-546-1 C0193

GC NOVELS

失格から始める成り上がり魔導師道！～呪文開発ときどき戦記～

現代知識×魔法で
目指せ最強魔導師！

生まれ持った魔力の少なさが故に廃嫡された少年アークス。夢の中である男の一生を追体験したとき、物語（成り上がり）は始まる――

樋辻臥命　イラスト：ふしみさいか

■B6判／①～⑥好評発売中